ベリーズ文庫

腹黒王子の取扱説明書

滝井みらん

STARTS
スターツ出版株式会社

目次

第一章

完璧すぎるのも罪

「今年の新人、どう?」

四月中旬の陽が射す中、親友の杏子《きょうこ》が食後のコーヒーを優雅に飲みながら、まだパスタを食べている私に目を向ける。

「う~ん、男の子は素直で使えそうだけど、女の子はキャピキャピしてるし、来年までもつか心配」

頬杖《ほおづえ》をつき、ため息交じりの声を出しながらパスタをフォークでつつく。

「総務課も大変ね。数ヵ月前に、女の子ひとり辞めたでしょう?」

同情するような杏子の言葉に、私は苦笑した。

私たちは今、大手家電メーカー『ハセベ』の社食でランチを食べている。

ハセベは世界的にもその名を知られていて、日本で五指に入る大企業。全国各地のほか、海外十二ヵ所にも支社があり、社員数は国内外の関連会社も含めると、約三万五千人を超える。

虎ノ門にある二十九階建ての本社ビルには、約九百人の社員が勤務している。その二十七階にある社食は眺望もよく、ランチもリーズナブルでおいしいと社員に好評だ。

先ほど人気メニューのハンバーグ定食を食べ終えた同期の長谷部《はせべ》杏子は、総務部秘書課に所属している、入社四年目の社長秘書。

社長令嬢にもかかわらず、彼女には全くおごったところがなく、気さくで面倒見もよくて、私とは新人研修の時に仲よくなった。美人で背が百六十五センチもあり、髪は毛先をカールさせたフェミニンなミディアムカット。二重《ふたえ》で切れ長の目は社長譲りだろうか。百五十五センチと小柄な私とは違って手足がすごく長くて羨《うらや》ましい。

かくいう私は中山麗奈《なかやまれな》。名前は綺麗《きれい》なのに、顔のパーツはどれも小さくて、自分で言うのも悲しいけど杏子みたいな美人ではない。

唯一自慢できるのは、一度も染めたことのないダークブラウンの長い髪。生粋《きっすい》の日本人だけど、私は瞳の色も茶色だし、色素が薄いらしい。

そんな平凡な容姿からか、二十六歳にもなるのに、いまだに彼氏ができたことがない。五つ下の弟には『後ろ姿だけなら美人なのにね。振り返っちゃダメだよ』と、よくからかわれる。

私は杏子と同じ総務部だけど、総務課に所属している。同じ総務部でも会社の花形部署の秘書課と違って、縁の下の力持ち的な課だけど、地味な私には合っているかもしれない。総務課には八人いて、労働管理、設備品の購入、福利厚生制度の整備などのほか、部分的な経理業務を行っている。基本、伝票を切るのは経理の仕事だけど、仕事の管轄の関係で一部だけ総務が担当している。

本来なら私の仕事は、交通機関のチケット手配や交通費・接待費の処理、それらに関する雑務だけだ。けれど、数ヵ月前に同じ総務課の女の子が急に辞めたせいでほかの仕事も任されて、私は先月中旬まで連日のように深夜残業をするハメになった。

私は会社から電車で三十分ほどの距離にある社員寮に住んでいるが、何度会社のタクシー券を使って、タクシーで帰宅しただろう。必ず車内で熟睡してしまい、会社の寮に着くといつも運転手さんに起こされた。

大学生の弟は近くの学生寮に住んでいるけど、私がこんな過酷な生活を送っているとは夢にも思わないだろう。

今月になって新しい子がやってきてから、ようやく仕事が落ち着いた。

「三月の組織改変前だったから大変だったよ。恐妻家の課長にね、家に帰るのが遅くなると、奥さんが怒ってご飯も作ってくれなくなるからって泣きつかれて、半ば無理やり手伝わされたし」

あの頃のことを思い出すと自然とため息が漏《も》れる。

うちの会社は、三月と九月に組織改変と人事異動の発表がある。

二月と三月はそのための準備で忙しいのに、辞めたその子は『残業が嫌』とか言ってあっさり会社を去ってしまった。

「麗奈も災難だよね。この間は会議室の蛍光灯まで変えてたし、麗奈にばっかり負担がかかってるでしょ？　少しは仕事断ったら？　そのうちトイレ掃除までさせられるわよ」

トイレ掃除……。このままいくとそれもあり得る。考えるだけでも恐ろしい。

「……それは勘弁してほしい。もう、別の話にしない？　食欲なくなっちゃう」

私は顔をしかめながらパスタを口に運ぶのをやめると、皿にフォークを戻した。

今の私には、会社を辞められない切実な事情がある。仕事がどんなにキツくても、続けるしかないのだ。

家族のために、どうしてもお金がいる。

自分の家のことを考えると、ますます気が滅入ってきてしまった。

「そういえば、お兄さん……専務、戻ってきたでしょう？　うまくいってるの？」

杏子のお兄さんは、この四月にニューヨーク支社から戻ってきた、専務の長谷部俊《しゅん》、二十八歳、独身。

専務は、杏子がいる秘書課と同じ、最上階の二十九階にある役員室にいる。

杏子の腹違いの兄で、私は遠目でしか見たことがないけど、家系なのか背も高く、百八十センチくらいあって、顔も杏子と少し似ている。正統派のイケメンで、目は聡明さが漂う二重の切れ長で、外国人のようにスーッと通った高い鼻筋……まるでモデルのようにカッコいい。性格も穏やかで優しいらしい。

仕事もかなりデキると評判だ。彼がニューヨーク支社に異動して三年の間に、北米の販路が二倍に拡大したという話は、今や我が社の伝説となっている。

そんなわけで、専務が日本に戻ってきてからまだ一ヵ月も経っていないのに、女性社員の多くが彼をモノにしようと躍起になっている。女の子の黄色い声が聞こえる時は、いつもその近くに専務がいるのだ。

総務課の後輩たちも、専務をひと目見るだけで瞳がハート状態。

お金持ちだし、顔もよくて、仕事もデキる……そのうえ性格もいいとなれば当然だろう。

「まあ、普通ね。平穏無事ってとこかしら。あの人、完璧すぎてちょっと苦手なのよね」

杏子がその美しい眉をひそめる。

兄が苦手って……やっぱり腹違いだからだろうか。

「完璧すぎるのが嫌だなんて、贅沢《ぜいたく》な不満ね」

「いつもニコニコしてて気持ち悪いのよね。兄といっても母親が違うし、私が幼稚園に上がる頃までは、兄は父の実家に預けられてたから別々に暮らしてたの。今も一緒に住んでるわけじゃないし、従兄弟《いとこ》に近いわね。まあ、干渉してこないのは嬉しいけど」

杏子がフッと微笑する。

専務の笑顔が気持ち悪い？

「そんなこと言っていいの？　専務のファンに聞かれたら大変だよ」

「身内だから大丈夫よ」

余裕の笑みを浮かべ、杏子が優雅な仕草《しぐさ》でコーヒーを口に運ぶ。

私には、ハンサムで優しそうなお兄さんに見えるんだけどな。彼女の家も結構複雑なんだろうか？

そんなことを考えていると、若い女性社員たちの黄色い声が入口のほうから聞こえて急に騒がしくなった。

この騒ぎはまさか？

思わず杏子と目が合うが、彼女は顔をしかめた。

入口に目を向けると、噂《うわさ》していた専務が男性秘書と一緒にいる。

秘書の名前は須崎隼人《すざきはやと》。彼も専務と同じく、ニューヨーク支社からこの四月に異動してきた。背は専務より少し高い百八十五センチくらいでがっしりしていて、軍隊にでもいそうな体躯《たいく》。短髪に精悍《せいかん》な顔立ちで、年齢は三十二、三歳くらいだろうか。専務ほどではないけど女性社員に人気だ。

専務は爽やかな笑顔を浮かべながら、こちらに近づいてくる。

「ああ、面倒くさ。こっちに来るわ」

杏子が眉根を寄せ、チッと舌打ちする。

『面倒くさ』って一応お兄さんだし、うちの会社の役員でしょう？

「高給取りなんだから、外にでも食べに行けばいいのに」

杏子が専務に向かって作り笑いを浮かべながら、ボソッと呟《つぶや》く。

「杏子……お兄さんに厳しすぎ」

これは苦手っていうより、嫌いなんじゃない？　仮面夫婦ならぬ仮面兄妹《きょうだい》？

あっ、でも、杏子が一方的すぎるから違うか。確かに完璧すぎるのって逆に引くけど……。あんなにカッコいいお兄さんがいたら、私なら自慢しちゃうけどな。

「隣、いいかな？」

専務が、杏子にではなく私に、女を瞬殺するような笑顔で聞いてくる。

うわっ、何このキラースマイル。

この笑顔を見て、断れる人っているんだろうか？

私は専務の顔に見惚《みほ》れて息を呑《の》み、コクリと頷《うなず》く。初めて専務に話しかけられて、緊張のあまり声が出なかった。

非の打ちどころのない端正な顔。男性なのに睫毛《まつげ》も長くて、肌も綺麗。

男の人なのに、どうしてこんなに美しいのだろう。

ここまでイケメンだと、近くにいるだけで落ち着かないし、自分の顔が余計、貧相に思える。芸能人みたいに遠くで眺めているほうが気楽でいい。

「僕の顔に何かついてる？」

じっと見ていたのがバレたのだろう。

専務はクスッと笑いながら、私の瞳を覗《のぞ》き込んだ。

うっ、お願いですから、私の顔をそんなにじっと見ないでください。恥ずかしい。

「……いいえ」

決まりが悪くなった私は頬を赤く染めながら、専務から視線を逸《そ》らした。彼に見つめられて正視できるわけがない。

この人……自分の魅力を熟知してる。

そんな私たちを、杏子と須崎さんは冷ややかに見ている。

「早く食べないとパスタ冷めちゃうよ」

専務は優しい口調でそう言うと、スーツのジャケットを脱いで椅子の背もたれにかけ、須崎さんと一緒に食券を買いに行った。

あの笑顔を見ただけで、もうなんだか胸がいっぱいで、食べる気になれない。

「麗奈、何ボーッとしてるの？　まさか麗奈まで兄さん狙い？」

「まさか。観賞してるだけよ。身分違いで釣り合わないから、一緒にいても落ち着かないしね。私はそばにいて安心できる人がいいの」

こんなにドキドキしてたら心臓がもたないし、旦那《だんな》様にするならもっと身近な人がいい。それに、今はそんな夢を抱いている場合じゃないし。

私はブンブンと頭を横に振る。

「今どき、『身分違い』なんて古いわよ」

杏子がクスッと笑う。

でも、こうして専務と直接会って話をすると、やっぱり私とは住む世界が違うんだと実感する。背伸びした恋は疲れるだけだ。

「だって、専務がこたつで鍋とかつつく？　毎日フレンチ食べてそうじゃない？」

「まあ、確かに実家にこたつはないし、今住んでるマンションにもないでしょうね。でも――」

私の後ろに視線を向けた杏子は、急に顔を強張《こわば》らせて口をつぐんだ。

「毎日、フレンチは食べないよ」

突然、背後から低く甘い声が響いて、私はハッとする。

パッと振り向けば、トレイを持った専務が立っていた。

「あっ……」

ニッコリ微笑む専務を見て、私は声を失った。

しまった。こんなに早く専務が戻ってくるなんて思ってなかった。どこから聞かれてたんだろう？

専務はテーブルにトレイを置くと、私の隣の席に座った。

「こたつは確かに家にないけど、鍋は好きだよ。今度、杏子と三人で鍋でも食べに行く？」

専務が私にとろけるような笑顔を向ける。

「ははっ……」

私はどう答えたらいいかわからなくて、乾いた笑いを浮かべる。

この人、結構罪作りだよね。

社交辞令なんだろうけど、そんな誘い、本気にしたらどう責任とってくれるんだろう。勘違いするようなこと、その甘い顔で言わないでほしい。

「ところで、杏子。いつになったら、お友達を紹介してくれるのかな?」

専務が杏子に優しい視線を向ける。

だが、彼女の態度はそばにいる私がハラハラするくらい、素っ気なかった。

「私と同期の、総務課の中山麗奈よ」

杏子が飲んでいたコーヒーをソーサーに戻し、『これで文句ないでしょう?』と言わんばかりの表情で、専務の顔をじっと見る。

「あっ、初めまして。中山です」

私は慌てて専務のほうに顔を向けて、ペコリと頭を下げる。

「長谷部 俊です。妹をよろしく」

専務が私の目を見て、柔らかな笑みを浮かべる。

……総務の後輩たちが言う通り、完璧な王子だ。彼を見ていると顔が火照《ほて》りそう。

彼とは対照的に、いつの間にか杏子の隣の席に戻ってきていた須崎さんは、冷めた目で私を見ている。

「こいつは、もう知ってると思うけど、僕の秘書の須崎隼人」

「……須崎だ」

須崎さんはボソッと呟き、私には興味なさそうに箸《はし》を割る。

秘書にしてはなんだか無愛想《ぶあいそう》な人だな。身体も大きいし、ちょっと怖い。

「総務課の中山です」

私が頭を軽く下げると、須崎さんは無言でガツガツと豚カツ定食を食べ始めた。

……よっぽどお腹が空《す》いてたんだ。

私は須崎さんの食べっぷりを見て呆気《あっけ》にとられる。

横にいる専務は、ちゃんと手を合わせて「いただきます」と言ってから、しょうが焼き定食を食べ始めた。

ちょっとしたことだけど、こうやってちゃんと手を合わせてから食事する人って、素敵だなと思う。

私……何か話さないといけないんだろうか？

そんなことを考えていると、急に杏子が椅子から立ち上がった。

「私、先に戻るわね。ごゆっくり」

杏子は専務に向かって冷たい視線を投げると、トレイを持ち上げる。

「あっ、待って！　すみません」

私も慌てて席を立ち、専務たちに向かってまたペコリと頭を下げると、杏子と一緒に食器の返却口に向かった。

専務のおかげで、私たちはかなり注目を浴びたらしい。周りにいる女性社員の視線をビシビシ感じた。

その目に、ちょっと悪意が込められているようで怖い。あのまま専務の横にいたら、何か嫌味を言われていたかもしれない。

「どう、専務と初めて話した感想は？」

杏子が面白そうに私に聞きながら、トレイを返却口に戻す。

「『話した』っていっても自己紹介しただけでしょ。杏子、私をあの場に置いていく気だったよね？　あそこにずっといたら生きた心地しないよ」

私はトレイを返しながら、杏子に恨みがましい視線を向けた。

「ふふ、でしょう？　相手が完璧すぎるのって、案外気疲れするのよ」

杏子が意地悪な笑みを浮かべる。

「だからって私を生け贄《いにえ》にしないでよ。裏切り者」

私は唇《くちびる》を尖《とが》らせながら、杏子の背中を軽くトンと叩《たた》く。

「でも麗奈、兄さんと話してる時、顔が赤かったわよ」

杏子が楽しそうに私をからかう。

「変な気を回さないで。あんなカッコいい顔が近くにあったら、誰だって赤面するよ。今日は夜のバイトもあるから平穏無事に過ごしたいの。必要以上に疲れたくない」

私が脱力して杏子に寄りかかると、彼女は片眉を上げた。

「まだあのバイト続けてるの？　会社にバレたらマズイのに。早く辞めたほうがいいわよ」

杏子は私にだけ聞こえるように、声を潜めて言う。その口調は、なんだか本当の姉みたい。

「でも……給料だけじゃ足りないのよ。苦手な仕事だけど続けないとね。弟が無事に大学卒業するまでは頑張るつもり」

私がニコッと明るく笑ってみせると、杏子は私の肩にポンと手を置いた。

「あんたも苦労するわね。早く結婚して楽になりなさいよ」

「結婚したからって、楽になれるとは限らないよ」

私は真顔で否定する。

それに、寝たきりの父親がいる私と結婚したがるもの好きなんて、きっといない。まともな恋愛だってしたことないし、こんな調子で一生恋人ができないまま、おばあちゃんになってしまうかも……。

「麗奈って〝夢見る乙女〟って顔してるのに、見かけによらず現実的よね」

「褒《ほ》め言葉と受け取っておく」

私は力なく笑った。

夢を見ているだけでは生活できない。

不幸というものは突然やってくる。

去年の夏に父が脳溢血《のういっけつ》で倒れてから、私の生活は一変した。医療費がかさむ中、弟の将来を考えると、どうしてもお金が必要だ。

自分のプライドを捨ててでも、守らなければいけないものがある。

「結婚なんて……一生無理かもしれないな」

瞳に暗い影を落としながら、私は自嘲《じちょう》ぎみに呟いた。

私の夜のバイト

「ナナちゃん、ご指名入りましたよ」

黒服のお兄さんが私に声をかける。

会社のある虎ノ門《とらのもん》からこの銀座《ぎんざ》の店まで、私はいつも電車で十分くらいかけて通っている。

私の夜のバイトというのは、ホステスだ。

ナナは、私の源氏名。八年前に亡くなった母の名前が奈々子《ななこ》で、それをちょっと拝借した。

私が密かに勤める銀座八丁目のクラブ『響《きょう》』は、各界の著名人や大企業の役員が数多く来店する高級クラブ。母方の叔母《おば》が経営していて、二十歳《はたち》から二十五歳の若い女の子が二十人近く在籍している。

店のメインフロアは、ブラウンをメインカラーとした、シックでエレガントな内装になっていて、落ち着いた雰囲気だ。

バイトを始めてから半年経つけど、高級感溢《あふ》れるここに自分がいることが、いまだに場違いな気がしてならない。

今日私が着ているのは、少し胸元が開いた、膝《ひざ》からスリットの入っている淡いピンクのロングドレス。地味な私にとって、精一杯の露出だけれど、背中と胸元がパックリあいているドレスを着ているほかの女の子たちと比べたら、やはり華やかさに欠ける。

叔母が経営しているとはいえ、本当は水商売なんてしたくはなかった。

でも、会社の給料だけでは足りない。

父は今、千葉県の介護施設に入っているけど、右半身が麻痺《まひ》していて、寝たきり状態。しゃべることも、口から物を食べることもできなくて、食事は胃ろうだ。

介護費用は毎月二十万かかり、月額八万ちょっとの障害年金だけではまかなえないし、弟の海里《かいり》はまだ大学三年生だから、学費もかかる。父は自分のことに無頓着《むとんちゃく》で、生命保険にも入っていなかったし、母は他界しているから、私ひとりで父の介護費用や弟の学費を稼がなければならない。

どんなに切りつめた生活をしても、給料とは別に月十五万は必要だ。

叔母が金銭的な援助を申し出てくれたけど、叔母は父と仲が悪かったから、父のことで頼るのは申し訳なくて断った。私のプライドがそうさせたのかもしれない。

その代わり、叔母の店で週三回、アルバイトをさせてもらうことにしたのだ。

この店は叔母がオーナーなので、勤務時間は多少融通が利くし、ノルマや同伴もない。お客様はみんな金払いがよくて、売掛もほとんどない。

時給はホステスにしては三千五百円と安めだけど、この金額をほかの仕事で稼ぐのは難しい。

「ナナちゃん、待ってたよ。ずっとお休みだったみたいだけど、もう体調は大丈夫なのかい？」

「はい、もうすっかりよくなりました」

私は、常連の園田《そのだ》さんに向かってニッコリ微笑む。ＯＬの仕事が忙しくて出勤できなかったとは、口が裂《さ》けても言えない。

園田さんは、私にとってとてもいいお客様。有名な会社の役員で、歳は五十代半ばくらい。

話は上手だし、ほかのお客様と違って絶対に身体には触らない。グラスを渡す時にちょっと指が触れただけで『あっ、ごめんね』と謝ってくれる。

それに、すごく優しくて、いつも私のためにお酒以外にもフルーツ盛りや、ピザとか焼きうどんを注文してくれる。

お客様のお金でお酒を飲んだり、食事をしたりするのは、まだちょっと抵抗があるけれど……。

園田さんと和やかに彼のペットの犬の話をしていると、突然黒服のお兄さんが私に近づき耳打ちをした。

「え？　ＶＩＰ《ビップ》ルーム？」

私が驚いて黒服のお兄さんを見ると、彼は目で頷いた。

叔母さんが、私をＶＩＰルームに呼ぶなんて珍しい。

ＶＩＰルームってことは、有名人か、政治家か、それともどこかの大企業の社長かな？

私みたいな素人《しろうと》が相手をして、大丈夫なのだろうか？　もっとほかに、綺麗で話し上手で、男ウケする女の子がいっぱいいるのに。

「園田さん、私……呼ばれてしまって……ごめんなさい」

私は園田さんにペコリと頭を下げる。

「楽しかったよ。ナナちゃんも人気者だね。話の続きはまた今度」

園田さんが頬を緩める。

「いえ、そんな人気者じゃないんですけど。またぜひ！」

私は心から微笑むと、席を立ってVIPルームへ向かった。軽くノックをしてドアを開けると――。

「あっ……」

思わず絶句して、ドアノブを持ったままその場に立ち尽くす。

せ、専務⁉

目の前にある黒革の高級ソファに腰かけて、昼間会ったばかりの専務が右隣にいる叔母と談笑していた。

嘘《うそ》でしょう？ なんでここにいるの？ しかも、よりによってなんで今日なのよ！

思わず叫びたくなるこの状況。許されるなら、このままドアを閉めて帰りたい。

マズイ、マズイよ！

いくら髪をアップにしてて、多少化粧が濃くても、よほどのバカじゃない限り今日ランチの時に隣にいた女だってわかるよね？ 私……ひょっとしてクビ？

顔からサーッと血の気が引いて、顔面蒼白《そうはく》になる。私は専務と目が合わないよう、わざと視線を逸らした。

叔母の右隣には、四十歳くらいの金髪の外国人男性がいる。

叔母と日本語で会話しているけど、どこの国の人だろう？ ニューヨーク帰りの専務と一緒にいるからアメリカ人かな？

外国人のお客様の右隣には、うちで一番人気のマリさんがいて、とびきりの笑顔で相手をしている。

「ナナちゃん、何ボーッとしてるの？」

叔母が私に声をかけて、右手で手招きする。

「あっ、すみません」

私が小さく謝りながら部屋に入ると、叔母は私に専務のほうに行くよう目配せしてきた。

ええ〜、専務の隣!? 嘘でしょう？ 最悪……。

叔母に向かって、『ダメだ』と目で合図するが、彼女は聞き入れなかった。

なんで今日に限って……。

私ががっくりと肩を落とすと、叔母が『早くしなさい』と言わんばかりに「ナナちゃん」と語気を強めてまた私を呼んだ。

わかりました、わかりました。専務の隣に座ればいいのよね。

私は気を取り直すと、作り笑いを顔面に貼りつけて、専務に今日二度目の挨拶《あいさつ》をしながら頭を軽く下げる。

「ナナです。よろしくお願いします」

どうかバレませんように。

そう祈りながら恐る恐る専務のほうを向くと、彼はいつもの爽やかスマイルを向けてきた。

あっ、バレてないかも。これは、大丈夫かもしれない。

それにしても、専務はいつもこんなにニコニコしていて疲れないのだろうか？

専務の隣に座り、彼のグラスに目をやると、もうすぐ空になりそうだった。

「お酒、また水割りでよろしいですか？　それとも、何か別の物をご用意しましょうか？」

「せっかくナナちゃんが来てくれたんだから、そのピンクのドレスに合わせたお酒でも頼もうか」

そう言って、私を見ながらニッコリ微笑んだ専務がリクエストしてきたのは——。

一本十八万円もする高級シャンパンのロゼ。

いつもなら手放しで大喜びするところだけど、今夜は素直に喜べない。つい本人に確認してしまった。

「……本当にいいんですか？」

この金額、高すぎて会社の接待費で落とせませんよ。

領収書持ってこられて処理するのはこの私だ。

お金持ちって、やっぱり金銭感覚違うよね。

「普通、ボトル頼んだら喜ぶとこじゃないかな？　それとも、僕の財布の心配をしてくれてる？　ナナちゃんは優しいね」

専務がクスッと笑う。

「じゃあ、本当に頼んじゃいますよ」

私は立ち上がって、近くにあった内線でオーダーする。

その時、面白くなさそうな顔でマリさんが私を見ていた。

ひょっとして、専務の隣がよかったのかな？　……代われるものなら代わりたい。

私は小さくため息をつく。

三分も経たないうちに、黒服のお兄さんがシャンパンとグラスを持ってきた。

グラスに注ごうとボトルに手を伸ばすものの、専務の手が先にボトルをつかみ、私の手は空をさまよった。

「女の子に重い物持たせるわけにはいかないよ」

専務が柔らかな笑みを浮かべる。

この人、本当に女の子キラーだな。

「でも……私の仕事なので……」

これじゃあ、どっちが客かわからないよ。私がホストクラブにいるみたいじゃない？

私が戸惑《とまど》っている間に、専務は慣れた様子でグラスにシャンパンを注ぐと、私に手渡してきた。

それから、専務はほかの三人にも同様にお酒を差し出すと、最後に自分のグラスにゆっくり注ぎ、私の目を見ながらグラスを掲げた。

「ナナちゃんとの出会いに乾杯」

専務の目がいたずらっぽく光る。

その言葉に、私の頬はボッと火がついたように真っ赤になる。

カッコいい人って、キザなセリフを言っても痛い人にはならないよね。

でもドキッとするようなことを言われたからって、本気にしちゃダメ。きっと彼なら小学生の女の子にだって、素敵な言葉を送るだろう。自分だけじゃないんだから、勘違いなんてしないの。

私は自分に言い聞かせる。

今の専務は、甘い言葉を客に囁《ささや》くホストみたい。

「ナナちゃんは、この仕事長いの？」

グラスを口に運ぶと、専務が私の顔を見ながら聞いてきた。

「どう思います？　ところで、お名前、伺ってもいいですか？」

私は質問に質問で返し、ニッコリ微笑む。

名前を聞かないと、絶対に怪しまれるだろう。

「ああ、ごめんね」

専務が名刺を差し出すと、私はいつものように名刺の名前を読み上げた。

「長谷部 俊さんですか。カッコいいお名前ですね。それに、あのハセベの専務だなんてすごい！　私、俳優の高橋大河《たかはしたいが》がやっている冷蔵庫のＣＭ、好きなんですよ。あんな風に料理できる男の人っていいですよね。憧れます」

プライベートな話題を避けたいからか、口から機関銃のように言葉が出てくる。

ちょっと大げさに言いすぎただろうか？

一気にしゃべったせいもあるけど、自分の会社の社員ってバレないか、不安で心臓がバクバク鳴っている。

ああ～、早く帰ってくれないかな。

でも、専務はゆっくりくつろぎながら、私の話を面白そうに聞いていた。

「高橋大河……イケメンだし、人気あるよね。ナナちゃんは、彼みたいなのがタイプなの？」

「見てるだけで満足ですけどね。もっぱら観賞するだけです。長谷部さんだって、モデルみたいにカッコいいですよ。おいくつなんですか？」

専務の年齢は知っているけど、初めてのお客様にはいつも聞くことだし、ここで聞かないと不自然だ。

「いくつに見える？　もし、外れたらナナちゃんの秘密をひとつ教えてもらおうかな」

今度は専務が、少し意地悪な笑みを浮かべながら質問してきた。

秘密って……今、このタイミングで言われても困る。何も思いつかない。

でも『二十八歳』って正解を言ったら、怪しまれるかな？

秘密を言わされるのは困るけど、怪しまれるのはもっと困る。絶対に当てられない。

私はわざと唇に人差し指を当てながら、考えるフリをする。

「……三十歳？」

専務の反応を確認しようと上目遣いで見ると、彼は楽しげに笑った。

「残念。二十八だよ。そんなに老けて見える？」

「いえ……すごく大人な雰囲気なので……」

慌てて首をブンブン振りながら取り繕《つくろ》うと、専務は私の目を見つめながら、私の肩に手を触れてきた。

「じゃあ、ナナちゃんの秘密を教えてもらおうかな」

専務が私に顔を近づけ、私の耳元でそう囁き、頬を緩める。

でも、彼の瞳が鋭く光ったように感じたのは気のせいだろうか。

私は思わずビクッとして、彼から身を離した。自分の反応に驚きながらも、私は専務に変に思われないように、顎《あご》に手を当てて考える。

「……秘密って急に言われても」

何を言えばいいか、全然わからない。こんな時に限って頭の中は真っ白。

ああ～、園田さんとみたいに楽しく会話できたらいいのに……。

できれば仕事とは全然関係ないことで、何かないだろうか。

「……え～と、中学生の時に、家庭科の授業でパジャマを作ってたら、時間がなくて焦《あせ》って、ミシンで自分の指まで縫《ぬ》っちゃいました」

私は専務に向かってテヘッと舌を出して笑ってみせる。本当の話だし、専務にツッコまれても困らない。

私の思わぬ告白に、専務がギョッとした顔になる。

「……聞いてるだけでも痛々しいけど、もう痕《あと》とか残ってないの？」

私は右手を専務に差し出し、明るく笑った。

「化膿止めの薬を飲んだら、綺麗に治ったんですよ」

「ほんと、綺麗な手だね」

専務が私の手にそっと触れる。

「あっ！」

その瞬間、ビリビリッと身体に電流が流れるような感覚がして、思わず声をあげた。

何？　今の……。静電気みたいだったけど……。

手を引っ込めようとするけれど、専務は私の手をつかんでなかなか離してくれない。

心なしか、専務もちょっと驚いたような表情をしている。

もしかして、彼も同じように感じた？

「もうミシンに触れちゃダメだよ」

専務は優しくたしなめるように言うと、私の手の甲に恭《うやうや》しく口づけた。

「専……は、長谷部さん！」

動揺して、思わず『専務』って言いそうになっちゃった。

突然、何をするの？　アメリカ帰りだと、こんな行動も恥ずかしくないの？

女の子がドキドキするのをわかっててやっているんだとしたら、専務はかなり罪作りな男だ。

「その反応。なんだか新鮮だな。さっきの質問に戻るけど、この仕事あんまり慣れてないよね？」

「……ベテランではないです。不慣れですみません。私より可愛くて話し上手な子がたくさんいますから、きっと、その子たちとのほうが楽しめますよ」

自分が慣れていないことを口実に、立ち上がって部屋を出ようとしたが、専務に強く手を引かれ、そのまま専務の胸に飛び込んでしまった。

「きゃっ！」

「今日はナナちゃんの話を聞きたいんだ。もっと、君のことを教えてくれないかな？」

専務の漆黒の瞳がより深い闇《やみ》色に染まる。

なんだか彼の雰囲気が急に変わった気がする。

これは……どう解釈すればいいの？　やっぱり私の正体、バレてる？

叔母さんも専務をＶＩＰルームに通すくらいだから、彼が私と同じ会社の人だって当然知ってたはずだ。一体、何考えてるんだか……。

叔母さんは今、マリさんと一緒に外国人のお客様と談笑してて、こっちのことは見て見ぬフリ。

「よそ見はしないで。それとも、僕よりクリスのほうに興味がある？　彼は僕がニューヨーク支社にいた時の同僚だよ。お金もあるし、地位もあるけど、女癖は悪いね」

その悠然とした微笑みに、どこか違和感を覚えた。

「僕にしておいたほうがいいよ」

専務が私に顔を近づけ、甘く魅惑的な声で囁く。

その行動に驚いて専務の顔を見ると、彼の瞳が妖しげに光った。

『狙った獲物は決して逃さない』

じっと私を見つめる専務の双眸《そうぼう》が、そう言っているようだ。

これは本当にあの専務なの？　会社でいつも爽やかな笑顔を見せている彼とは、まるで別人のよう……。私の横にいるこの男性は誰？

専務からダークなオーラを感じる。彼が何を考えているのかわからない。

そう思うと急に寒気がしてきて、彼と一緒にいるのが怖くなった。

一刻も早くこの部屋から出たい。

これ以上、専務と一緒にいるのは危険だと本能が告げている。

ふと腕時計に目をやれば、もうすぐ夜の十二時。

よかった。やっと解放される。

「……すみません。申し訳ないのですが、私は十二時までなので、これで失礼します」

私の言葉に、専務がチラリと腕時計を見てクスッと笑う。

「夜の十二時に帰ろうとするなんて、シンデレラみたいだね」

「終電がなくなってしまうので……。だから、離してくれませんか？　ほかの女の子を呼びますから、もっと楽しめると思いますよ」

今の私には、営業スマイルをする余裕もなかった。

なんだかすごく嫌な予感がする。『早くこの人から逃げなければ……』という思いしか、頭になかった。

でも、専務はそんな私の胸の内を読んだのか、黒い笑みを浮かべる。

「僕がタクシーで家まで送るよ。ママも異論はないでしょう？」

専務はそう言って、今度は超高級ブランデーをリクエストしてきた。

こっちは帰りたくて仕方がないのに、優雅にシャンパングラスを傾けている専務にイラつく。

異議あり！

私は会社の寮に住んでるんだもん。送ってもらえば、一発で私がハセベの社員だってバレてしまう。それこそ、もう何をやってもごまかせない。

会社をクビになっちゃう！　叔母さん、お願いだから断ってよ！

そんな私の願いも空しく、深紅のルージュを塗った叔母さんの、魅惑的な唇が綺麗な弧を描く。

「もちろん」

この裏切り者！　私を売ったわね。

私は叔母さんをキッと睨《にら》みつけるけれど、彼女は悔しいくらい素知らぬ顔をしている。

私がだんまりを決め込むと、叔母さんはソファから立ち上がって嬉々《きき》とした様子で内線をかけた。

そりゃあ、一本百万もするお酒を頼まれたら、オーナーとしては嬉しいわよね。

すぐに黒服のお兄さんがブランデーのボトルを持ってきた。

私は接客サービスとして失格なのはわかっていたけど、ボトルを憎らしげに睨んだまま、足を組んでソファにふんぞり返り、仕事を放棄した。

「ナナちゃんもロックでいい？」

私が不機嫌なのを面白そうに見ながら、専務は氷を入れたグラスにブランデーを注いで、私に手渡してきた。

「なんでも！」

専務からグラスを奪うように受け取り、グラスの中身をじっと見据《みす》える。

胃の中に入れれば、ロックだろうが水割りだろうが一緒でしょ！

ああ、こうなったらもう飲みまくってやる！　万が一、会社をクビになったら、叔母さんに給料を倍にしてもらおう。

私はヤケになってブランデーを一気に飲み干すと、専務にグラスを差し出した。

「おかわり！」


『酒は飲んでも飲まれるな』って言うのに、私はなんてバカなことをしちゃったんだろう。数十分後には私はすっかり酔いつぶれ、ひとりでは歩けなくなっていた。そんな私を見て、専務が何かを企んでいたとは知らずに……。

「……眠い。早くベッドで寝たい」

「その願い、叶《かな》えてあげるよ」

専務に抱き上げられ、あらがうこともできないまま、タクシーに乗せられた。

その後の記憶は全くない——。

キスの味

「う～ん」

寝返りを打つと、何か温かい物にぶつかった。

抱き枕ってこんなだったっけ？　なんか人肌みたいな……。

ギュッとそれを抱きしめると、優しく抱きしめ返された。

このまま……また悪夢も見ずにぐっすり眠れるだろうか。眠りだけは私を癒やしてくれるのだろうか。

お金のことも、仕事のことも、将来のことも全部忘れたい。今だけでも……。

現実から逃れられたらどんなにいいだろう。もちろん、私より不幸な人はいっぱいいる。自分だけが不幸なわけじゃないと、わかってはいる。

でも、自分の不運を呪わずにはいられない。父があんな風に倒れなければ……私は普通のOLでいられたのに。

いつまでこの生活を続ければいいのだろう？　終わりなんてあるの？

考えれば考えるほど気持ちが暗くなって、頭が痛くなる。

父は脳溢血を起こした時、お風呂に入っていたらしい。風呂場で倒れている父を最初に発見したのは、父の愛人だった。

父は母がいた時からその愛人と交際していて、母が病気で苦しんでいる時も、ろくに家族を顧みなかった。私も海里も大学からひとり暮らしをしているが、海里が家を出ると、父は愛人を家に住まわせた。

私はそんな父が許せなかった。母との思い出の場所がけがされたような気がしたからだ。それから父とはずっと折り合いが悪く、長い間実家に帰っていなかった。病院で骨と皮だけのような姿になった父を見ても、かわいそうだとは思わなかったし、涙ひとつ流さなかった。

正直、いまだに父が憎らしい。

父の愛人は、父があんな状態になると姿を消した。父は愛人に、心から愛されてはいなかったのだ。

当然の報いだと思う。

こんな風にしか捉えられない私は、冷たい人間なのかもしれない。見舞いだって、無理やり仕事のせいにして、この半年で二回しか行っていない。

ひどい娘だって自分でも思う。こんな私は……落ちるところまで落ちてしまうだろう。

でも、弟にだけは幸せになってもらいたい。弟の海里は、性格がよくてちゃんと父を労《いたわ》っているし、頭もよくて前途有望だ。弁護士を目指している弟には、無事に大学を卒業して、自分の望む人生を歩んでほしい。母にも死ぬ間際に言われたのだ。『海里のことを頼んだわよ』って。

「私のぶんも幸せになって……」

それだけが私の願い。もう、ほかには何も望まない。海里が幸せならそれでいい。

涙が溢れて頬を伝うと、何かが優しく拭《ぬぐ》ってくれた。

ああ……今、私は夢の中にいるんだ。現実には涙を拭ってくれる人なんて、そばにいないもの。

「もう少し、このまま……」

甘えさせて……。温かくて、穏やかな眠り……。ずっとこうしていられればいいのに。

このまま朝になって、人魚姫みたいに綺麗に泡になって消えることができたら、どんなにいいだろう。すべてのしがらみから解放されて、無になって……。

でも、朝は必ず訪れる。現実というものは、いつも私に残酷だ。

「……う～ん」

身じろぎしながら目を開けると、冷たい氷のような双眸が、私を観察するように見つめていた。

「あっ……」

抱き枕だと思っていたのは、どうやら専務らしい。

抱き合っている彼と目が合い、顔から血の気が引いていく。

「おはよう」

専務が私の目を覗き込み、悪魔のような妖艶《ようえん》な笑みを浮かべる。

私はバツが悪くて、彼から目を逸らした。

『おはよう』……？

なんで専務が目の前にいるの？　しかも、彼の雰囲気……いつもの爽やか王子じゃない。やっぱり何かがおかしい。

身の危険を感じて眠気が一気に吹き飛び、私はベッドからガバッと起き上がった。

な、な、なんで専務と一緒のベッドで寝てるの～！

あまりのショックで声も出ない。

そのうえ、なんだか肌寒い。私は両手で自分の肩を抱くとブルッと震えた。腕に直接感じるブラの感触に、私はさらなる衝撃の事実を知る。

私……服を着てない。

ふと胸元に目をやると、やはりピンクのブラしか着けていない。

顔面蒼白になりながら慌てて布団《ふとん》を引き上げて胸元を隠すと、下がどうなっているのか気になって恐る恐る布団の中を覗いた。

……嘘。

下はブラとお揃いのピンクのショーツだけ。

自分で服を脱いだ記憶はない。

ひょっとして専務が脱がせた？　だったらそのあとは？　……専務に襲われた？

最悪の事態が頭をよぎる。

ううん、あり得ない。絶対にあり得ない。あっちゃダメ～！

激しく気が動転して専務に背を向け、両手で頬を押さえると、専務が突然私を背後から抱きしめてきた。

気配を感じさせずに近づくその動きは、まるで獲物を狙う豹《ひょう》のよう。

お互いの素肌が触れ合い、身体がビクッと強張った。

ビックリしたのもあるけど、専務の肌の温もりを身体が覚えていたからだ。

専務も上半身……裸だ。

スーっと背中を嫌な汗が流れる。

「私……専務に抱かれたの？」

思わず呟いてしまった。

「覚えてないのか？」

私の耳元で専務が甘く囁く。その声にはこの状況を楽しんでいるような響きが宿っていて、背筋がゾクリとした。

まさか……本当に専務と寝たの？

私は下着姿だし、自信を持って何もなかったと断言できない。

昨日の夜、ＶＩＰルームで専務の相手をしたのは覚えている。それからヤケになってブランデーをロックで何杯も飲んで……。その後……どうなった？

ズキズキする二日酔いの頭で必死に記憶を辿るけれど、肝心なことは何も思い出せない。

「いつもあんな風に飲んで、誰かにお持ち帰りされるのか？　ひと晩でみんな、君にいくら払うんだ？」

専務が蔑《さげす》むような目で私を見る。

なんて冷たい目なんだろう。昨日、ランチで一緒になった時は、とても優しい目をしていたのに。

「……違います」

私はギュッと唇を噛《か》みしめる。

「何が違うんだ、ナナちゃん？　いや、総務の中山麗奈さん。うちの就業規則で、アルバイトが禁止なのは知ってるよな？」

……やっぱりバレてたんだ。

そうだよね。頭のキレる専務が気づかないわけがない。

でも、私は枕営業なんてしたことはない。お持ち帰りだって、今までされたことはなかった。あんなバイトをしていれば、そう誤解されても仕方ないけど……。

専務はゆっくり起き上がってベッドから出ると、部屋のカーテンを開けた。

日差しが眩しくて私は一瞬目をつぶるも、彼が上半身裸なのが気になる。

あ〜、昨日の夜、一体何があったの〜⁉

専務に聞きたいけど、怖くて聞けない……。

それに、ここはどこ？

辺りをキョロキョロと見渡すと、専務はそんな私を面白そうに見ていた。

十二畳ぐらいある、白を基調とした、シンプルだけど品のある部屋。白い壁にダークブラウンの家具が置いてあり、窓の外にはルーフバルコニーがあって窓の向こうには高層ビルが見える。

一瞬高級ホテルかと思ったけど、本棚に豪華な革装の本がぎっしり詰まっているからどうやら違うらしい。

ここは……専務の家だろうか？

「ここは、麻布《あざぶ》にある俺のマンションだ」

私の様子をじっと眺めていた専務が、ニヤリとしながら口を開く。

……やっぱりそうだったんだ。

酔いつぶれてお持ち帰りされるなんて、なんてバカなことしちゃったんだろう。

激しい自己嫌悪に襲われる。

まさか専務が、自分の会社の社員に手を出すなんて思いたくないけど……わからない。とにかく早く服を着て家に帰らなきゃ。

昨日私が着ていたピンクのドレスは、部屋の奥の壁にかけてあった。でも、私が店のロッカーに置いてきた私服は、どこにも見当たらない。

専務は、サイドテーブルの上に置いてあった財布に手を伸ばす。

何をするの？

じっと専務の様子を見ていると、彼は財布から一万円札の束を抜き出し、私に投げつけてきた。

お札がヒラヒラと宙を舞い、ベッドの上に落ちる。

え……？

「十万はある」

普段の専務からは想像もつかない、なんの感情もこもっていない冷たい声。

一瞬何が起こったのか理解できなかったけど、彼の私を見下すような目を見て、ようやく悟った。

私……娼婦と思われてる。

すごく惨めだった。こんなお金いらないのに……。

悔しくて、シーツをギュッと握りしめた。

「君とは寝ていないけど、これで杏子には近づかないでくれ」

顔は笑ってるけど、目はすごく冷たい。

専務と関係を持たなかったことに、ホッとする余裕なんて今の私にはなかった。

「まさか、私がお金目的で杏子と友達になったと思ってるんですか⁉」

私はキッと専務を睨みつけた。

「違うって言うのか？　信用できないね」

私を突き刺すような厳しい視線。専務の中では、私は完全に悪女らしい。

「いずれにしろ、決めるのは杏子です。あなたではありません。服を着たいので、出ていってくれませんか？」

「人前で着替えるのなんて、慣れてるんじゃないか？　どうして今さら恥ずかしいフリをする？」

専務が軽蔑の眼差《まなざ》しで、面白そうに私を見る。

「私は男の人と寝たことなんてありません！」

私が声を荒らげると、専務がベッドに近づいて私の顎をつかんだ。

「処女ってことか？　それは、俺を誘ってるのかな？」

凍りつくような目を向けられたけど、私は怯《ひる》まなかった。

「勘違いしないでください！　あなたなんて、死んでも誘いません！」

「じゃあ、君の身体に聞いてみようか？」

専務の瞳が妖しく光る。

「何を……‼」

専務の顔が近づいてきて私の唇に触れると、私は目を見開いたまま驚愕《きょうがく》した。

私を罰するような冷たい唇。

どうしてこんなことするの？　バイトのことを責められるのならまだしも、彼にこんな仕打ちをされる覚えはない。

「こういう時は目を閉じないと。それとも、ウブなフリしてるのか？」

専務が意地悪くクスクス笑って、私の頬に触れる。

「ひどい……」

怒りと恐怖で震えながら専務を睨み、唇をギュッと噛みしめる。

「そんなに強く噛んだら血が出るぞ。まだ朝の七時で会社行くまで時間があるし、君が望むならもう少しベッドで過ごそうか？」

専務は、手を私の頬から私の唇へと移動させ、親指の腹でゆっくりなぞる。

唇に触れられただけなのに、身体中がゾクゾクと震えた。

そんな私に、専務はダークな笑みを浮かべる。この上なく美しくて、私をもてあそんで楽しむ悪魔がそこにいた。

会社で見る、爽やかで優しい専務とは明らかにキャラも言葉遣いも違う。ひょっとして……この人、キャラを使い分けているの？

昨日の夜、クラブで抱いた違和感は勘違いではなかったようだ。笑顔の裏で何を企んでいるのかわからない。

「触らないで！」

私は専務を睨みながら彼の手を払いのけると、専務の唇の感触を消したくて手の甲でさっと口元を拭った。

昨日、この人を見てドキドキした自分がバカみたい。杏子は完璧すぎる専務に、裏があるんじゃないかと疑っていたけど、彼女の勘は正しかった。

専務には裏の顔がある。

「結婚相手を見つけたいなら、バカな男を探したほうがいい。杏子にもう会わないと約束するなら、君にお似合いの男を紹介しよう」

どこまで私を見下せば気が済むのだろう。あんなバイトをしていたからって、専務にここまで言われる筋合いはない。

「結構です！　もう一度言います。服を着たいので出ていってくれませんか？」

「君の下着姿ならもう見てるし、恥ずかしがることはない。このままベッドにいると、やっぱり俺と寝たいんだ、って思うが」

専務は私を嘲笑《あざわら》い、腕組みをしてじっと見据える。

やっぱり彼がドレスを脱がせたんだ……私はそう確信する。ドレスにシワがつくのは嫌だけど、だからって人の服を勝手に脱がすなんて……。

とにかくこれから家に帰って、シャワーを浴びて着替えなければならない。ここがどこだかわからないけど……もう七時なら、ぐずぐずしている暇はない。

専務は部屋を出ていきそうにないし、恥ずかしいけどこのままベッドから起き上がるしかなさそうだ。お札が落ちている布団にくるまるという選択肢は私にはなかった。貪欲な女だってこれ以上思われたくはないし、一刻も早くここから去りたかった。

専務から視線を逸らし、私はさっとベッドから出るとハンガーにかけてあるドレスをつかんで素早く着替える。ずっと専務の視線を感じていたけど、毅然《きぜん》としていた。

ここでうろたえたら、余計につけ込まれる。

「これは君のバッグだ」

専務が私に向かって黒の通勤バッグを投げる。私がなんとかバッグを受け取ると、彼は冷ややかに言った。

「バッグも靴も安物。なんのためにあんなバイトをしている？　男にでも貢ぐのか？」

「……ある意味、そうなんでしょうね」

実の父と弟に……。

私はうつむいて、悲しみを胸に呟いた。

でも、真実を言ったところで、あなたは信じないでしょう?

言うだけ無駄だ。

私の言葉に専務の表情が険しくなる。

彼に軽蔑されたって、かまわない。

専務に反抗的な目を向けると、彼は面白そうに私を見た。

「必要ならタクシーを呼ぶが。部屋を出て、右手にずっと進めば玄関だ」

「タクシーは結構です。お邪魔しました」

バッグがあれば財布もスマホもあるし、なんとか家に帰れる。

素っ気なく断ってドアノブに手を触れると、専務が私の肩をつかんで無理やり振り向かせた。

「忘れ物だ」

専務はそう言って、また私の唇を奪う。

不意を突かれたけれど、今度は反撃に出た。多分、かなり頭に血が上っていたんだろう。

専務の唇をこれでもかというくらい、思い切り噛んだ。普段の私では考えられない行動だ。

殴られても、もっと嫌われてもかまわないって思った。彼に、おもちゃのようにもてあそばれたくないもの。

「いてっ‼」

専務は呻《うめ》き声をあげると、私から離れて自分の唇を押さえる。

彼の唇には血が滲《にじ》んでいた。

ザマーミロ。

私は心の中でほくそ笑んだ。

「……やってくれるな」

専務が手で血を拭いながら、私をギロッと睨みつける。

「とんだ腹黒王子ね。あなたなんか、地獄にでも落ちればいいのよ！」

私が大声で言い放つと、専務はすごみのある眼光で私をじっと見つめてきた。

「お前が一緒なら落ちてやってもいい。だが、もう一度言う。杏子には近づくなよ。警告はした」

「私は親友に、お金をねだったりなんかしません！」

私はドアを勢いよく開けると、専務の目の前でバタンと思い切り閉める。

私の人生からも、永遠にこうやって彼を閉め出せればいいのに……。同じ会社の役員にバイトのことがバレるなんて最悪。専務があんな裏表のある人だなんて思わなかった。

同じ会社……か。バイトもバレたし、こんな態度とっちゃったから、今日で私クビかも。

ハハッと引きつった笑いが出る。

会社をクビになったら、どうすればいいんだろう。海里は弁護士を目指しているし、今が大事な時だ。今だって家庭教師のバイトをしているのに、これ以上彼に負担をかけられない。

ほんと、人生って一度落ちたらどこまでも落ちていくのね。まるで底なし沼だ。

一度ハマッたらなかなか這《は》い上がれない。

「もう、このまま落ちていくしかないの?」

私の呟きに答えてくれる人なんて誰もいない。惨めな自分が嫌で、唇をギュッと噛みしめる。

専務との二度目のキスは、かすかに血の味がした。

彼の腕の中

専務の家は、麻布の高層マンションの最上階——二十三階にあるペントハウスだった。

専務といた寝室を出ると、左手にリビングダイニングらしき部屋がチラリと見えた。広々とした廊下を右手にまっすぐ進むと、大理石の玄関があり、玄関扉は両開きの豪華な物だった。ほかにも四部屋くらいありそうだったし、いかにも専務にお似合いの高級な家。

玄関を出て目の前にあるエレベーターで一階に下りると、コンシェルジュににこやかに挨拶された。

この格好のまま電車で帰ったら、お水だってすぐにバレる。酔いつぶれた私も悪かったけど、誰か専務に、ロッカーの中の私服も持たせてくれたらよかったのに……と、思わずにはいられない。

道行く人に変な目でじろじろ見られそうだから、お金が高くつくけどタクシーで帰ろう。

私は優しそうなコンシェルジュのお兄さんにタクシーを呼んでもらい、会社の寮に戻った。

どうか会社の人には誰にも会いませんように。

心の中でそう祈りながら、なるべく人目につかないようにこっそりエレベーターに乗り、鍵《かぎ》を開けて五階にある自分の部屋に入る。

それから急いでシャワーを浴びたけど、髪の毛を充分に乾かす時間もなくて、半乾きのまま家を出た。

九時の始業時間の鐘とともに、慌てて自分の席に着く。

よかった。なんとかギリギリ間に合った。昨日、専務があの店に来なければ、こんなことにはならなかったのに。

二日酔いなのか頭はすごく痛いし、身体もフラフラする。それもこれも全部専務のせいだ。

パソコンを立ち上げている間に机の上に置いてある書類を整理しつつも、上司にクビを言い渡されるのではないかとドキドキしていた。

今クビになるのはマズイ。どうにかならないの？　いつ部長に呼ばれるだろう？

チラリと部長の机に目をやると、彼は早朝会議か何かで席を外していた。

パソコンが立ち上がると、杏子からチャットでメッセージが来ていた。

【今日のランチどうする?】

専務にはああ言ったけど、警告されたばかりだし、今日は杏子とランチするのはやめておいたほうがいいかもしれない。彼に呼び出されて、また警告されるのはごめんだ。

【ごめん。忙しいから、今日は自席で食べる】と返すと、杏子から【了解】とすぐに返事が来た。

杏子には専務とのことは言えない。私が話せば、あの兄妹の仲がこじれてしまうかもしれないから。

多分、専務はまだ杏子にはあの本性を見せていないと思う。杏子は本能的に勘づいているけど、私からそのことを言ってはいけない気がする。

たまっていたメールの処理を素早く済ませると、私は仕事をやりやすくするために自分で作ったマニュアルのファイルを開いた。

これがあれば、私が辞めても大混乱にはならないだろう。私の価値なんて所詮その程度のものだ。代わりなんていくらでもいる。

ちょっと感傷に浸っていると、私の席の内線が鳴った。

「はい、総務課の中山です」

「あっ、中山さん、五階の女子トイレのひとつが詰まっちゃって……」

ああ、またか。朝から気が重い。

電話の内容を聞いて、ますます頭痛がひどくなる。

部長が自分の出世のためにいろいろな仕事を安請け合いするから、私に全部その仕事が回ってくる。後輩は面倒なことが嫌で、内線が鳴ると席を立ってどこかに行っちゃうし……。

社内ホームページのお知らせに、こういう時はビルのメンテナンス会社に連絡するように、ってこの間載せたばかりなんだけどな……。

そのうち、本当にトイレ掃除をさせられるハメになりそうだ。

内線を切ると、私はビルのメンテナンス会社に修理を依頼した。でも、修理するまでの間、誰かが間違って使わないようにしないと。

私はA４の紙に、マジックで大きく『使用禁止』と書くと、その紙とテープを持って五階のトイレに向かった。トイレに入り、中の様子を確認する。

問題のトイレに貼り紙をすると、総務課の自席に戻った。

なんだか頭がぼんやりして身体が熱っぽい気がするのは、二日酔いのせいだろうか?

いや、今朝は結構寒かったから、風邪をひいたのかもしれない。あんな袖のないドレスでいれば、そりゃあ冷えるわよね。四月とはいえ、まだ朝と夜はコートが手放せない。

今日は、バイトを休んだほうがいいかも。

お茶でも淹《い》れてひと息つこうとすると、また私の席の内線が鳴った。

トイレの次は何?

嫌な予感がする。恐る恐る受話器を取り上げて、内線に出る。

「総務課の中山です」

「第三会議室の蛍光灯が切れちゃって、十時から会議なの。すぐに交換してくれない?」

十時……?

腕時計にチラリと目をやれば、時刻は九時四十五分。あと十五分じゃない! 時間がない!

本当はもっと早く連絡してほしいけど、実際、会議の準備中に気づくことだから仕方ないよね。

かけてきたのは営業部の女の子だった。広い会議室だし、多分、上司が出席する大事な会議があるのだろう。

「今行きます」

電話を切って新人に頼もうとしたけど、課長が社内見学に連れていってしまっていた。

そこで隣の席にいる同期の寺沢《てらさわ》君に目をやる。

黒縁メガネをかけている寺沢君は、少し短めの黒髪を後ろに流していて、身長は百七十五センチくらい。目は少し細めで垂れているけど、専務ほどではないにしろカッコいい部類に入ると思う。

周囲を和ませるタイプで頼りになるので、ちょっとした作業もお願いしやすい。

「寺沢君、第三会議室の蛍光灯が切れたみたいなんだけど、今すぐ交換しに行ってくれない？」

「悪い。これから企画室と打ち合わせなんだ」

寺沢君は申し訳なさそうに早口でそう言うと、慌ただしくオフィスを出ていった。

普段は穏やかで優しい彼だが、今日は余裕がないらしい。

仕方なく、私はオフィスの端に置いてある脚立と蛍光灯を持って、十階にある第三会議室に向かった。

本当はビルのメンテナンス会社にお願いすることだけど、至急の対応ができないから、結局総務課にこの仕事が回ってくる。

もっとみんなで協力してできるといいんだけどな。

そんな風に思いながら第三会議室の中に入ると、誰もいなかった。

一ヵ所、電気がチカチカしている。

……あれか。

脚立を立てて、パンプスのまま上る。ちょっとグラグラ揺れるけど、早く交換しないと会議が始められないから気にしてはいられない。

せめて内線をかけてきた子がいたら、押さえてもらえたのに……。

天井の蛍光灯に手を伸ばし、両手でそっと外す。取れたと思った瞬間、急にドアが開いて、今一番会いたくない人と目が合ってしまった。

「あっ‼」

現れたのは、専務と須崎さんで、思わず声が出る。

こんな時に会うなんて、今日は厄日なの？

今まで専務と顔を合わせることなんてほとんどなかったのに、どうしてこのタイミングで会うの？

脚立の上にいたのに、咄嗟《とっさ》に専務から隠れようとした私はバカだったと思う。

「動くな！」

専務が私のほうに駆け寄りながら叫ぶ。

ただでさえヒールの靴で不安定だったのに、脚立がグラグラ揺れて、私は蛍光灯を持ったままバランスを崩して転落した。

ガシャンという嫌な音がした途端、手に激痛が走る。

「うっ‼」

痛みをこらえながらゆっくり起き上がったけど、割れた蛍光灯の破片が手首に突き刺さっていた。

……やってしまった。つくづく今日の自分は運が悪い。

顔をしかめながら、ゆっくり破片を取る。痛いけど気にしている場合じゃない。

「時間がない……」

手からじわじわと血が流れる。

止血もせずに痛みをこらえながら、新しい蛍光灯を持ってまた脚立に上ろうとすると、専務に手をつかまれた。

「君はバカか」

冷たい口調でそう言うと、専務は軽くため息をついて、私の手から蛍光灯を取り上げ、壁に立てかけた。そしてズボンのポケットからハンカチを取り出すと、私の手首に素早く巻いた。

私はハッと我に返り、彼の手を振り払った。

「大丈夫です！」

私のことは放っておいてほしい。

「おい！」

専務の制止を無視して、私は取り上げられた蛍光灯に手を伸ばす。この時、私は高熱でおかしくなっていたんだと思う。

「早くしないと、会議に間に合わないの。だから、邪魔しないで」

うわ言のように呟くと、突然専務にお姫様抱っこされた。

「ちょっと！　何するんですか？　下ろしてください」

私は専務の胸板を何度も叩いて抗議するが、彼は悔しいくらい涼しい顔をしていた。

「医務室に連れていくだけだ」

ムカつくほど冷静な専務の声が室内に響く。

「下ろしてください。あなたに運ばれるのは嫌です。自分で行きます」

私はキッと専務を睨みつけるが、彼は私を下ろしてくれない。

「医務室に着く前に倒れるぞ。身体がすごく熱い。もう起きているのも、やっとなんじゃないか?」

「だとしても、あなたのお世話にはなりません」

私がそっぽを向くと、専務はとんでもないことを言いだした。

「反論する元気はあるんだな? でも、いい加減大人しくしないと、ここでキスするぞ?」

専務は冷たい目で私を見てニヤリとする。

……この人なら平気でやりそうな気がする。

会社でも私に対しては悪魔モード。私の前では、もう爽やかな専務を演じる必要はないってことだろうか。

私が抗議をやめて大人しくなると、専務は須崎さんに声をかけた。

「須崎、俺は会議に出ないから、あとで内容を報告してくれ。それから、会議が終わったら総務部長を呼んでおけ」

「へいへい。会社で子羊襲うなよ」

須崎さんが専務に向かってニッと笑う。

『子羊』って私？

それに、総務部長呼んでおけって……いよいよ私、クビなの？

身の危険を感じて専務の腕の中で暴れようとすると、彼に氷のような目で睨まれた。

「須崎の言ったことをいちいち真に受けるな。弱ってる女を襲うほど、女には困ってない。運びにくいから、俺の首につかまるんだ」

「でも……」

私がためらっていると、専務がまたため息をついた。

「まだひとりで歩く気か？　そんな元気ないだろ？」

私は力なく首を振る。

「……元気がなくても歩きます」

「強情だな。少しは自分の身体の心配をしろよ。ほら、俺の首につかまって、目を閉じろ」

「え？」

専務が少し呆《あき》れたような顔で私を見る。多分、私にイライラしている。

「いいから、目を閉じろ。余計な物が見えるから気になるんだ。病人は寝てろ」

イラ立った口調で言われた。これ以上しゃべると、長々とお説教されそうだから、仕方なく目をつぶる。

すると、専務は会議室を出たらしい。しばらくして女性社員たちのざわめきが聞こえてきた。きっと見かけた人みんなが、私たちのことを噂しているに違いない。こんな状況で寝られるわけがない。

無理だよ、無理……。気になってしょうがない。私のことなんて無視してくれればいいのに、なんで私にかまうの？　せめて専務じゃなきゃ、みんなの注目をこんなに浴びることはなかったのに。彼に文句を言いたいのをじっと我慢《がまん》する。

「そうだ、それでいい」

専務の口調が心なしか優しい。

目をつぶっているから彼の表情は見えないけど、彼が笑っているような気がした。

少なくとも……今は軽蔑されてない？

そう思うと気分が少し楽になる。

この人って、優しいのか冷たいのかわからない。……本人には口が裂けても言えないけど、彼の逞《たくま》しい腕の中にいるとなぜか安心する。

そう思ってしまう私は、熱でかなりおかしくなっているのかもしれない。

今朝はあんなにひどいことを言われたのに……どうしてだろう。男の人の腕の中ってこんなにホッとできる場所なのだろうか？

ゆらゆら身体が揺れて、なんだか気持ちがいい。

ゆらゆら、ゆらゆら……。

だんだん頭がボーッとしてくる。私の身体はもう限界だった。

「もう……ダメ。……疲れ……た」

身体的にも精神的にも、私はかなり疲弊《ひへい》していたんだと思う。

瞼《まぶた》がどんどん重くなって目が開けられなくなると、穏やかな闇がそっと私を包み込む。その誘いに、もうあらがえなかった。

覚えているのは専務の胸の鼓動《こどう》と、温もり。

気を許してはいけない相手なのに……そうわかっているのに、なぜか心が休まる自分がいる。

意識が遠のく中、「寝たか？　……強情な女」という声が聞こえたような気がした。

第二章

天使か悪魔か［俊ＳＩＤＥ］

三階にある医務室のドアをノックして中に入る。

入ってすぐ右側にはデスクがあり、左側には診察用のベッド、奥には給湯スペースと衝立《ついたて》があって、その向こうにベッドが置いてある。久しぶりに来たが、昔と特に何も変わっていない。

俺はデスクに座っていた産業医の横顔を見て驚いた。

「亮《りょう》？」

「あっ？」

俺の声に驚いた亮が振り向き、俺の顔を見ると破顔した。

「よおー！　久しぶりだな、俊！　お前ずっとアメリカだったから、会うのは三年ぶりか？」

亮が椅子から立ち上がって俺に近寄り、大きな手で俺の肩をポンポンと叩く。

こいつは前田《まえだ》亮。

百八十センチという長身で、ほどよくカールした茶髪に小麦色の肌という外見は、スポーツ選手のようで、とても医者には見えない。二重の優しげな目は男女を問わず魅了し、こいつの周りには自然と人が集まる。

大病院の息子で、小学校から高校まで俺と同じ私立の学校に通っていた。クラスは違ったが、部活は同じバスケ部で高校の時はこいつと一緒にインターハイで優勝した。俺がキャプテンで、亮が副キャプテン。こいつは面倒見もよく、後輩からも好かれていたからチームをまとめやすかった。おまけに頭もいい。

誰が見てもすごい奴だが、お節介なのが玉にキズ。ちょっと面倒な奴に会ってしまった。

「ああ、そうなるな。アメリカ生活も悪くなかったんだが、親父に呼び戻されて、今月日本に戻ってきたんだ」

「奇遇だな。まさか俊が帰国したタイミングで、お前の親父の会社に来ることになるとは」

亮は穏やかな笑みを浮かべると、俺の腕の中にいる中山麗奈に、チラリと目を向けた。

「で、その子、どうした？」

「ガラスで手首を切った。あと、熱があるようだ」

苦しそうに眠っている中山麗奈の額には、汗が滲んでいた。

呼吸が荒いし、少し身体に触れただけでも高熱なのがわかる。

「じゃあ、そこの奥にあるベッドに寝かせて」

亮が衝立の奥にあるベッドを指差すと、俺は言われるまま、ベッドに中山麗奈の身体をそっと横たえた。亮は彼女の手首を注意深く確認しながら、テキパキと手当てしていく。

「これくらいなら縫う必要はなさそうだな。消毒だけしとく。でも、なんでこんなことに？」

亮は手を止めて聞いてきた。

「蛍光灯を交換していたらそれが割れて、破片が刺さったんだ。それにしても、亮がどうしてうちの産業医に？」

こいつは確か桜花《おうか》医大にいたはずだが……。

「しばらくは代理だ。ここの産業医は、実は俺が医大でお世話になった先輩なんだが、ちょっと病気でな。俺はまだ、桜花医大に籍を置いている」

亮は日本でも有数の大学病院を誇る桜花医大の医学部を首席で卒業し、将来を有望視されている。

「やっぱり教授を目指しているのか？」

「俺は三男だし、病院は長男が継ぐから、最初はそう思っていたんだが……。最近は少し考えが変わってきてな。今、道を模索してるところだ」

亮が俺に向かってニッと笑いながら、体温計を取り出して彼女の耳に当てる。

ピピッと体温計が鳴って、彼は数値を読み上げた。

「三十九度五分。高いな。咳は？」

「昨日から今朝まではしてなかった」

俺は淡々と中山麗奈の様子を伝える。

「即答かよ。今朝までって。女の子抱き抱えて派手な登場したと思ったら、やっぱりそういう関係なのか？」

面白そうに目を輝かせながら、亮が俺と彼女を交互に見る。

「お前が期待するような関係じゃない。風邪か？」

「多分風邪だろうが、二、三日しても熱が下がらなければ病院で診《み》てもらえ」

「ヤブ医者だな」

俺がからかうように言うと、亮はフッと笑った。

「誰が診ても同じことを言うさ。それで、期待するような関係でなければ、どういう関係だ？　女とは一定の距離を置いているお前が、積極的に関わってないか？」

亮がニヤニヤしながら、期待に満ちた眼差しで俺を見る。

こういうところ、本当に面倒くさい。

「妹の友人だ」

人に言えることはそれくらいしかない。


社長である親父に、『せっかく日本に戻ったんだから、妹に声くらいかけろ』と言われ、昨日珍しく社食へ行ってみれば、杏子は中山麗奈と一緒にいた。

ふたりの様子を見ていると、普段はクールな表情しか見せない杏子が、彼女には自然な笑顔を向けている。

気づけば、中山麗奈に自分から声をかけていた。

杏子に比べると小柄だが、小動物のようなつぶらな瞳は淡いブラウンで、思わず引き込まれそうになる。

ダークブラウンの綺麗な長い髪はさらさらしていて、思わず触れたい衝動に駆られた。

周りの若い男性社員たちも彼女の様子をじっと見ていたし、社内でもモテているのだろう。

だが、彼女はかなり鈍感なのか、それとも、そういう女をあえて演じているのか、男の視線には気づいていないようだった。

その夜、悪友のクリスにせがまれて仕方なく足を運んだクラブで、まさかホステスの彼女に出くわすとは……。

中山麗奈の姿が目に映った瞬間、昼間に会った彼女だとすぐに気づいた。どんなに化粧が違っても、この俺が一度会った女を見間違えるはずがない。

俺を見た彼女は、かなり動揺していてやけに早口だった。そんな彼女の様子を俺は注意深く見ていたが、俺が少し顔を近づけただけでもビクッと震えて、本当に小動物のように怯《おび》えていた。

男が怖いのか、俺にバイトがバレてクビになるのを恐れているだけなのか、はたまた男を手玉に取るための作戦か……。あれが全部演技なら、大した小悪魔だと言えるだろう。

彼女の手に触れた時、ビビッと電流が走ったような気がした。

あれは一体なんだったんだ？　彼女もあの時、驚いた顔をしていたが……。ただの静電気か？　それとも、別の何かか？　……今になって考えてもわからない。

いや、そんなことを考えても意味はない。彼女が男を誘惑する小悪魔なら、俺も駆け引きを楽しめばいい。見た目は悪くないし、水商売の女だし、しばらく遊ぶにはちょうどいいだろう。

俺の母親も、親父と結婚する前は水商売の女だった。だが、長谷部の家に馴染《なじ》めず、よそに男を作ったらしい。そして親父から一千万円を騙《だま》し取り、まだ赤ん坊だった俺を捨てて家を出ていった。

もともと金目当てだったのか？　俺のことはどうでもよかったのか？

俺は高い酒を頼んで、俺から逃げようとしている中山麗奈を引き止めた。母親と同じ水商売の女ってだけで、俺は彼女への態度を変えることにした。

抱いてめちゃくちゃにして、この女の本性を暴いてやりたい……そんな衝動に駆られて、泥酔した彼女を家に連れ帰り、ドレスを脱がせて寝室のベッドに寝かせた。

服に染みついたタバコの臭《にお》いが気になり、シャワーを浴びて寝室に戻ると、彼女は子供のように膝を抱えて眠っていた。

そんな彼女を無理やり起こして抱く気にはなれず、彼女の隣に身を横たえたが、なかなか眠れなかった。

彼女が身じろぎして、無意識に俺に抱きついてきた時はハッとした。

何かにすがるような彼女の腕を振りほどけるわけもなく、思わず彼女を抱きしめてしまった。

なぜだか自分でもわからない。ただ、俺の腕の中で安心したように眠る彼女に、複雑な気持ちになった。

『私のぶんも幸せになって……』

彼女の寝言が俺の心を捕らえたが、誰に対しての言葉だったのだろう？

そんなことをぼんやり考えていると、彼女の頬を涙が伝った。とても綺麗な涙だった。

『……なぜ、こんな風に泣く？』

そう呟いて、俺は彼女の涙を親指の腹で拭った。

『もう少し、このまま……』

中山麗奈がそう言って俺にすがりついてきた時、俺の頭は混乱していた。

女なんてみんな母親と同じだ。金のためならなんでもする。俺が過去につき合った女も、みんな打算的で金目当ての奴ばかりだった。

なのに、なぜこの女はこんなに悲しそうに、涙を流して眠るのだろう？　この女は違うのか？　ああ……わからない。

腕の中の彼女は、しっかり抱きしめていないと消えてしまいそうなくらい儚《はかな》げだった。

いや……騙されるな。俺は親父のようにはならない。女なんて信用できない。

そう、無理やり自分に言い聞かせた。

朝、彼女が目覚めると、俺は自分の心の迷いを断ち切るように、とことん彼女を蔑んだ。俺の母親のぶんも傷つけばいいと……。

彼女が『ある意味男に貢いでいるんでしょうね』と俺に言った時、やっぱりこの女も母親と同じだと思い、少しガッカリした。

認めたくはないが、彼女は俺を狂わせる。

会議室で脚立から落ちた彼女を見た時、放っておけなかった。いつもなら、あの場は須崎に任せていたはずだ。

それなのに今、俺はここにいる。

天使なのか、小悪魔なのか……この女がわからない。

「ふうん、で、その妹の友達に噛まれたのか？　その唇の傷」

亮の言葉で俺は急に現実に戻される。

亮は俺の唇を指差していた。

……やっぱり、こいつなら遠慮なくツッコむか。

俺は冷ややかに亮を見据えると、わざとらしく首を傾げた。

「さあ」

「俺も昔、女に噛まれたことあるんだよな。でも、そういう女って忘れられないぞ。

俊もこの子にハマるかもな？」

亮が俺の口元を見ながらニヤニヤする。

「女にハマる？　あり得ないな」

俺は平静を装って作り笑いする。

「俺は、お前が女を溺愛《できあい》するのを見てみたいけど」

「冗談はやめろ」

冷たく言い捨てると、亮は予言するかのような口調で俺に告げた。

「お前の意思は関係ない。いつの間にかその女のことしか考えられなくなって、彼女しか目に入らなくなる」

「俺はそんな暇人じゃない。彼女を頼む」

俺はこの無意味な会話を早く終わらせたくて、医務室のドアに手をかけた。

「俊、彼女を家までちゃんと送れよ。ひとりじゃ帰れないぞ」

亮に呼びかけられて立ち止まる。

「……なんとかする」

そう呟いて医務室を去り、エレベーターで二十九階に上がると、俺は専務室に戻った。

専務室は社長室の隣にあって、広さは約十二畳ほど。ドアを開けるとすぐに革張りの応接セットがあって、奥には俺の執務用のデスクがある。

中に入ると、ソファに腰かけていた総務部長が俺を見て立ち上がった。

部屋の隅にいた須崎が俺に目配せする。

そういえば、呼んでおけって頼んでたな……。

「待たせてすまない」

俺は総務部長に声をかける。

千田《せんだ》総務部長。役員間での別名は〝宴会係〟。

俺の印象は、〝仕事がデキないハゲでデブの親父〟。重役連中に媚《こ》びへつらって昨年総務部長に昇進したらしいが、大した仕事もしてないし、来期の人事では降格だろう。

「長谷部専務、あのう、私はどうして呼ばれたんでしょうか？」

千田部長がどこか落ち着かない様子で、俺の顔色を窺《うかが》う。

滑稽《こっけい》だな。

「いつから総務で蛍光灯の交換をやるようになったんですか？　メンテナンス会社に委託しているはずですが。さっき、蛍光灯を交換していた総務の社員がその作業中に怪我《けが》をしました」

「それは……ご迷惑をおかけしました」

千田部長は俺に向かってペコペコ頭を下げる。

だが、俺はそんな彼の態度が気に食わなかった。

「自分の部下の怪我の状態は気になりませんか？　その部下が誰なのかも」

俺は厳しい視線を千田部長に向ける。

「そ、それは……と、当然気になります」

嘘つけ！

「僕が医務室に運んだので、中山さんは大丈夫です。ですが彼女は今日、体調が悪そうなので、医務室でそのまま休ませています」

「それはよかった」

千田部長が作り笑いをする。

全然よくないんだよ。

「あなたは自分で蛍光灯の交換をしたことがありますか？」

俺の質問に千田部長は首を傾げる。質問の意図がわからないのだろう。

「……いいえ？」

「恐らく、あなたが脚立に上って蛍光灯の交換をひとりで行えば、あなたも脚立から落ちるでしょう。僕が何が言いたいかわかりますか？」

「……いいえ」

彼は状況が悪くなると、まともな受け答えもできないらしい。

それでも管理職か？

思わず悪態をつきたくなるのをグッとこらえる。

「あなたは、本来ならば総務の管轄ではない仕事を勝手に受けて、部下を危険にさらしている。ルールを決めずに仕事をさせれば、また部下が怪我をしますよ。彼女以外にも、総務の社員がひとりで蛍光灯の交換をしているのを見かけたのは、今日が初めてではありません」

「ですが……急ぎの時もありますし、うちがやらなければ円滑に物事が……」

額に汗をかきながら、千田部長が必死に言い訳をする。

「あなたの言いぶんも理解できますが、部下を危険にさらすわけにはいかない。総務で引き受けるのであれば、安全に配慮して細かいルールを決めて、上に承認をもらってからにしてください。ほかの業務も同じですよ。社長には僕から報告しておきます」

「あの……これは査定には……」

千田部長がおろおろしながら俺を見る。

……自己保身の塊め。無能なくせに、気になるのは出世か。バカな男だ。

俺はニッコリ笑ってみせると、デスクに積まれた書類に目をやり、千田部長を視界から消す。

「まずは部下の心配でしょう？　戻っていいですよ」

これ以上、千田部長の顔を見たくない。

「長谷部専務……」

俺に近づく千田部長の腕を須崎がつかんで、淡々と告げる。

「専務の話は終わった」

須崎の眼光に怯んだ千田部長は、おずおずと部屋を出ていった。

「須崎、秘書室に杏子がいたら、ここに呼んでくれ」

「ヘイヘイ」

須崎が俺の顔を見てニヤリとしたが、俺は素知らぬ顔をした。

こいつも亮と同じで知りたいのだろう。どうして俺がわざわざ中山麗奈を医務室に運んだのか。

だが、俺にも明確な答えはわからない。ただ、放っておけず、気づけば身体が自然に動いていた。

ふと腕時計を見れば十一時二十分。俺が中山麗奈を医務室まで運んだこと、もう杏子の耳に入っているだろうか？

妹なのに、杏子とはあまり親しくない。腹違いの妹だから……それが最大の理由かもしれない。

ただ呼び出すのにも須崎を通す……それが、俺と杏子との距離といえる。お互いプライベートのメールアドレスを知っていても、それを使うことはない。

ノックの音がして返事をすると、杏子が部屋に入ってきた。

その目は何か言いたげだ。内容はだいたい想像がつくが。

「医務室に総務の中山さんがいる。熱があって今は動けないから、昼休みになったら何か食べる物を買って届けてやってくれないか？」

中山麗奈には杏子に近づくな、と言ったが、今はやむを得ない。

「秘書室でもほかの部署でも、すごい騒ぎになってるわよ。『王子様が女性社員をお姫様抱っこしてた』ってね」

杏子は面白そうに俺を見つめる。

……ここにも、知りたがりがいた。中山麗奈とのことを説明しろ、と目が言っている。

思わず顔をしかめたくなったが、俺はこらえた。

「兄さんにしては珍しいわね。いつもはニッコリ笑ってるだけで、困っている女の子がそばにいても放っておくのに」

杏子の言葉が刺々《とげとげ》しい。

確かに、彼女の認識は間違っていない。俺は媚びてくる女を毛嫌いしているし、関わるのも嫌だ。

だが、俺はいつものように微笑んで、杏子の言葉をかわした。

「目の前で人が倒れたら、誰だって助けるよ」

「そうかしら？」

杏子は疑わしげな視線を俺に投げてくる。

「気に入ったんじゃないの？　麗奈のこと」

杏子の質問を俺は無視した。今否定したところで、彼女は信じないだろう。

「彼女はひとり暮らしか？」

「ええ。会社の寮でね」

俺の唐突な質問に、杏子は目を細める。

「看病を頼める家族は近くにいないのか？」

「実家は千葉だし、今の彼女の実家は頼れるような状況じゃないのよ。大学生の弟が近くに住んでいるみたいだけど、すぐに連絡がつくかどうかわからないし、もうすぐ大事な試験があるらしいわ」

杏子は言葉を濁す。

家族には頼めないか。だったら……。

「杏子のところに二、三日、彼女を泊めて看《み》てやってくれないかな？」

「それは無理ね。兄さんの家と違ってうちは狭いし、ベッドもひとつしかない。兄さんが責任をもって世話すべきじゃない？　ゲストルームだっていっぱいあるでしょう？」

杏子が意地悪な笑みを浮かべる。

こいつ……俺が困る様子を見て楽しむつもりか？

誰に対しても、いつも笑顔で接している俺を、彼女は胡散《うさん》臭く思っている。今の彼女の言動からすると、俺のポーカーフェイスを崩したがっているようだ。

「わかった。それはこっちで考えるよ」

俺はうろたえずに、いつものようににこやかに微笑んでみせる。そう簡単に杏子の策にハマる俺ではない。

「麗奈を傷つけたら許さないわよ」

杏子が釘《くぎ》を刺してきた。俺が女に本気にならないことを、彼女は知っている。

過去に傷つけた女はいないが、いつも女のほうから離れていくように仕向けていた。

自分のテリトリーには、決して女を入れない。俺にとって、女は便利な道具であればそれでいい。うるさく干渉されるのはごめんだ。

杏子が出ていくと、今度は須崎が調子に乗って俺をからかいだした。

「面白そうな展開だな。今夜の会食の予定、キャンセルするか？」

「わざわざ聞かなくても、会話の流れでわかるよな？　会食をキャンセルして、中山麗奈をうちに連れて帰る」

俺は須崎に嫌味を言って、冷ややかに睨みつける。

「おお、怖っ！　その顔、妹にも見せろよ。そしたらお互いもっとわかり合えるんじゃ

に」

「うるさいぞ。もっとお前の仕事を増やそうか？　その減らず口が叩けなくなるように」

俺は悪魔のような笑みを浮かべる。

「それは、勘弁。これ以上、睡眠時間を削られるのはごめんだ。秘書をもうひとり雇えよ？　俺だけじゃ動きづらい」

「確かに……お前に負担がかかりすぎてるか」

昏の傷に親指を当てて思案する。

もともと須崎は俺の部下ではなかった。だが、ニューヨーク支社で奴の仕事ぶりを見ていてどうしてもこいつが欲しくなり、アメリカ支社長に頼み込んで俺の直属の部下にした。

まあ、部下といっても須崎は相棒に近い。お互い遠慮なく仕事の意見をぶつけ合い、ふたりで考えた戦略でアメリカでの販路を拡大した。

須崎はとても有能な男だ。調査能力に長《た》けているし、交渉事も相手の懐に入って自分の思い通りに進められる。今後もそばに置いておきたくて、日本に連れてきた。

須崎は俺の出張に同行させたいし、今後の戦略のためにもこいつの顔を取引先に売っておく必要がある。となると、デスクワークのできる内勤の秘書が欲しい。

秘書をもうひとり……。俺に媚びない奴……ああ、ひとりいるな、ピッタリなのが。

彼女の顔が浮かんで、口元が緩む。

近くに置いておけば監視もできるし、ちょうどいい。

「数日中になんとかしよう」

まだ痛む唇の傷に触れながら、俺は須崎に向かって口角を上げた。

「お前のその笑顔、真っ黒すぎて怖えーぞ」

須崎がわざとブルブルと震えるフリをする。

「お前、ボーナスカットだな。口は災いのもとだ」

俺はニヤリと笑いながら残酷に告げた。

勘違いはしない

目覚めると、白衣の男性と目が合った。

「あっ、起きたか？　もうすぐ十二時だよ」

白衣の男性が、私の顔を見て頬を緩める。

え〜と、医務室の先生？　こんなに若くてカッコよかったっけ？　そういえば専務に運ばれてたような……。

辺りを見渡すが、彼の姿は見当たらない。

「ああ、長谷部なら戻ったよ」

私が誰を探しているのかわかったのか、先生がクスッと笑う。

ホッとした。

あの人と会うと、今朝のことを思い出してつらくなる。

この先生、専務のことを『長谷部』って呼び捨てにするってことは、個人的な知り合いなのだろうか。

「な、長居……して……すみま……せん」

なんだか声がガラガラだし、全身の関節が痛い。これは本格的に風邪をひいたみたい。今日は急ぎの仕事を片づけて、会社を早退しよう。

ベッドから出ようとするが、身体がフラフラして起き上がれない。

「ああ、動くの無理無理。君、熱が四十度近いんだからまだ寝てなさい」

四十度と聞いて、一気に身体の力が抜けるけれど、このまま寝ているわけにはいかない。

「でも……」

「社長の息子が許可してるんだから、大丈夫だよ」

笑顔を浮かべた先生の言葉に、私は顔をしかめた。

専務に許可されても全然嬉しくない。

「風邪だと思うけど、顔色も悪いし、食欲もなさそうだね。最近寝てないってことはない？　三月は年度末だから、仕事が忙しかったんじゃないかな？　ストレスで体調を崩すこともあるからね」

先生……どれも該当してます。確かに先月まで毎日タクシーで帰ってたし、今月からは仕事のあともバイトに明け暮れていた。無理したのがいけなかったのか……。今日一日では治らないような気がする。

これから仕事終わらせて……電車に乗って……スーパーで買い物して……ああ、考えるとますます頭が痛くなる。

「せ、先生、注射一本打てば元気になりませんか？」

私は額に手を当てながら、すがるような思いで先生を見る。

「そんな特効薬があれば、すぐに使ってるよ。身体が休みたいって言ってるんだ。働きすぎなんじゃないかな？　君ひとりに仕事が集中してない？　必要があれば相談に乗るし、産業医として一筆書くけど」

先生が私に温かい笑顔を向ける。

仕事の負担……。私に集中してるとは思うけど、あのハゲ部長に言ったところで何も変わらない。変な仕事を回されて、もっと仕事がやりにくくなるだけだ。

私が黙り込むと、ノックの音がした。

先生が返事をすると、杏子がコンビニの袋を手に持って現れた。

「……前田先輩？」

杏子が先生を見て、目を丸くしている。

「ああ、杏子ちゃんもここで働いてるのか。久しぶり。俺が高校を卒業した時以来か。杏子ちゃん、綺麗になったね」

先生が杏子を見て柔らかな笑みを浮かべる。先生は彼女とも親しそうだ。

「前田先輩は、相変わらず口が上手ですね。昔と変わらない。兄さんには会ったんですよね？」

「ああ。杏子ちゃんは、彼女に用があって来たのか？」

先生がチラリと私のほうに目を向ける。

「兄さんに頼まれて買ってきたんだけど……。麗奈、プリンとかゼリー食べられる？」

杏子がビニール袋の中身を私に見せる。

「……食欲はないけど、ゼリーならなんとか食べられそう」

私が力なく笑うと、杏子はチューブタイプのゼリーのキャップを外して、私の右手に乗せてくれた。

「これだけでもしっかり食べなさい」

「ありがと」

私が寝転んだままゼリーを口にすると、杏子は私を眺めながらいたずらっぽく笑う。

「兄さんとあなたのこと、社内中に知れ渡ってるわよ。どう？　お姫様抱っこされた感想は」

「やめてよ。ますます食欲なくす……」

私は杏子を上目遣いに睨みつける。

みんながなんて噂しているか、だいたい想像はつく。

専務はうちの女性社員の憧れの的。私みたいなパッとしない女と一緒だったのだから、彼に憧れている子はみんな面白くないはずだ。

でも、みんなが騒ぐような関係じゃない。

たまたま居合わせて、私を仕方なく医務室に運んだだけ。社内では優しい専務を演じているようだし、見て見ぬフリをするわけにはいかなかったのだ。

今朝あれだけひどいことを言われたんだから、私が特別だなんて勘違いはしない。

「だったら、今夜はなおさら兄さんの家でゆっくり休むのね」

含み笑いをする杏子の言葉に、私は思わずむせた。

「専務の家⁉　冗談でしょう？」

ここが医務室というのも忘れ、素っ頓狂《すっとんきょう》な声をあげる。

そんなの絶対嫌だ……一体、何を企んでいるの？

「ちょっと、大丈夫？　兄さんにしっかり看病してもらいなさいよ。麗奈のこと、結構気に入ってるみたいだから」

杏子が私の頭にそっと手を乗せる。

「全然、大丈夫じゃない！　どうしてそういう話になってるの？」

私は専務によく思われていないはずだ。それに、私の意思はどうなるの？　今、一番一緒にいたくない人なのに。

思ったよりキツい口調になってしまった。

もう専務の家なんて頼まれたって行きたくない。それに、これ以上彼に関わりたくない。

「ひとりで帰れないし、食事だって大変でしょう？　弟に看病頼めるの？　大事な試験が近いって、前に言ってたわよね？」

だからって、どうして専務が出てくるのよ。

ムッとしながら私は反論した。

「専務のお世話になるのはおかしいよ。ひとりで自分の家に帰る」

「その身体でどうやって帰るの？　素直に世話になったほうが楽よ。きっと甲斐甲斐《かいがい》しく世話をしてくれるわ。麗奈のこと、本気で心配してたようだしね。兄さんの家ってペントハウスらしいし、一度行って損はないと思うわよ。それに、兄さんに逆らえるかしら？」

……杏子は面白がって、私と専務をくっつけたがっている。

もうすでにお邪魔したなんて、口が裂けても言えない。しかも、泊まって同じベッドで寝たなんて言ったら、この場で事の次第を全部白状させられそうだ。

杏子が意味ありげな視線を向けてくるが、私は混乱していた。

専務が私の看病をするなんて、あり得ないでしょう？　あのバイトのことがバレて、専務には嫌われてるし……。

「あいつは獲物に逃げられたことがないから、逃げたら余計に追うと思うがな」

先生が楽しげに笑って、恐ろしいことを口にする。

先生まで……楽しんでる。ここには私の味方はいないの？

これ以上専務のことを考えたくなくて、私は話題を変えた。

「ふたりは知り合いなの？」

「ああ、まだ紹介してないのね？　前田先輩は、高校時代まで兄さんと同じバスケ部ですごくモテてたのよ。先輩は、いつからうちに？」

杏子がチラリと先生に目を向ける。

「今週からしばらく代理でね。杏子ちゃん、体調が少しでも悪くなったらここにおいで。そうじゃなくても、俺が恋しくなったらいつでも来ていいよ」

先生がウィンクして、女の子を虜《とりこ》にしそうなとびきりの笑顔を見せる。

「相変わらずですね。そんな甘いセリフで、また女の子騙してるんじゃないですか？　もう二股とかしてませんよね？」

杏子が目を細めて先生を睨みつける。

「ははっ。杏子ちゃんは相変わらずキツいね」

先生は苦笑してごまかした。

イケメンだし、お医者様だし、きっとすごくモテるのだろう。

「独身貴族を謳歌《おうか》しすぎて、そのまま寂しいおじいちゃんにならないでくださいね。あっ、私はもう行かないと」

杏子が壁にかかった時計に目をやった。

「一時に来客があるの。おじいちゃんばっかだけどね。羊かんでも出そうかしら。飲み物もここに置いておくから、適当に飲んで」

杏子がフッと微笑しながら、ベッドのそばにある椅子の上に、ビニール袋を置く。

「忙しいのにありがとと」

「お礼は兄さんに言って。逃げちゃダメよ。兄さんが自分から女の子に近づくなんて、ほんとレアなんだから。兄さんってなかなか本当の自分を人に見せないけど、今日はちょっと違って見えた。兄さんなら麗奈の全部を受け止められると思うし、麗奈なら彼を心から笑顔にしてくれると思うわ」

杏子はウィンクすると、医務室を出ていった。

私は、杏子の消えた方向をじっと見つめると、深いため息をついた。

レアと言われても全然嬉しくない。杏子は勘違いしている。

あれだけ軽蔑されてしまった今、専務と私の間に恋なんて、絶対に生まれない。

専務は私がホステスのバイトをしているから、問題アリの社員として目をつけているだけだ。

……帰りに専務に『クビ』って言われるかな？　ここをクビになったら、どうすればいいんだろう。仕事も住むところもなくなったら、どうすればいい？

海里のアパートには行けない。学生寮だし、私の窮状を知ったら、あの子『大学辞めて就職する』とか言いだすに決まってる。

考えるだけで頭が痛いし、胸が苦しくなる。

もし、私が水商売をしていなかったら、専務ともっと違う関係を築けただろうか？

いいや、考えるのはやめよう。今、必要なのはお金。私がお金を稼がなければ、もう普通の生活ができないのだ。

父が元気になって、社会復帰するなんて奇跡は起こらない。父が生きている間は介護費用や薬代で、かなりのお金が飛んでいくのだ。

だからせめて、弟が就職するまでは……私は身を粉《こ》にして働かなくてはならない。

夢なんて見られないのよ。わかっているでしょう？　恋愛をするなんて、そんな贅沢、私には許されない。

忘れてはいけない。私には背負わなければいけないものがある。

そう、自分に強く言い聞かせた。

「どうした？　すごく顔色悪いな。吐き気は？」

先生が心配そうに私の顔を覗き込む。

「大丈夫です。でも、頭痛がひどいかも……」

私は小さく笑ったが、頭が痛くて顔をしかめた。

「ゼリーは全部飲めた？」

「はい」

「じゃあ、この薬飲んで」

私は先生の手を借りてなんとか上半身を起こすと、受け取った錠剤を喉の奥に流し込んだ。

熱で具合が悪いから、嫌なことばかり考えちゃうんだ。

私は再びベッドに横になって目をつぶる。
もう何も考えたくない。次に目が覚めたら、この状況が全部夢だったらいいのに。
でも、そんな私の願いは叶えられない。私はとことん神様に嫌われているらしい。
私はいつだって、神様から試練を与えられる。

誤解［俊SIDE］

　珍しく定時の午後五時半に仕事を終わらせ、須崎とともに医務室に入ると、中山麗奈がベッドで寝ていた。まだ熱が下がらないのか、顔が赤く、額にうっすらと汗をかいている。

　その苦しそうな姿を見ていると、なんとかしてやりたくなる。思わず彼女の顔に手を伸ばしかけたが、ハッと我に返って彼女から目を背《そむ》け、ギュッと拳《こぶし》を握った。

　女には深入りしたくないのに、いつもの俺らしくない。なぜ彼女をかまってしまうんだ？

　俺は気を取り直すと、無表情を装って亮に声をかけた。

「その後、彼女の具合は？」

「まだ熱があるし、あまり変わりないな。一応薬は出しておくが、汗をかけば明朝には熱が下がるかもしれないから、今日は解熱剤は使わないほうがいいだろう。食欲がなくても、水分補給だけはさせろよ」

　亮が俺に薬を手渡す。

「わかった」

俺は軽く頷いて、横にいた須崎に薬を差し出す。

「あ？　なんで俺が持つんだ？　どうせ荷物を持つなら、俺のタイプじゃないが、そっちがいい」

須崎がニヤッとしながら、中山麗奈を顎で指す。

この女好きめ！

「お前、どさくさに紛れて彼女の身体に触るつもりだろ？　それはセクハラだよ。お前の荷物はこっちだ」

俺は須崎に薬の入った袋を押しつけて、有無を言わせぬ威圧的な笑みを浮かべた。

逆らうとどうなるか知っているこいつは、渋々俺に従う。

「へイへイ。仰《おお》せの通りに」

「そっちの彼は？」

俺たちのやり取りを見ていた亮が、須崎に目を向ける。

「ああ、これは俺の秘書の須崎」

「これって……俺は物かよ」

須崎がふてくされたように、医務室の隅でぼやく。

「それで、彼女どうする？　起こすか？」

亮が中山麗奈に目をやる。

「いや、このまま連れて帰る。起こすといろいろと厄介だからな」

目を覚ますと『ひとりで帰る』とか、面倒なことを言いそうだ。大人しそうな見た目に反して強情だから、なかなか言うことを聞かないだろう。

「手のかかる女」

小声で呟いて中山麗奈を抱き上げると、須崎がニヤリとした。

「やっぱり交換するか？　俺の荷物のほうが軽いぞ」

須崎が薬の袋を掲げてみせる。

俺をからかうような奴の口調にカチンときて、鋭い視線を投げた。

「お前、最近遊んでないし、女に飢《う》えてるだろ。狼《おおかみ》に渡すのはやめておくよ」

「……どっちが狼だか？」

須崎が俺の顔を呆れたように見て、ポツリと呟く。

……俺が彼女に手を出すと言いたいのか。

「何か言ったか？」

俺は横目で冷たく須崎を睨みつける。

「……いいや」

俺の眼光に怖じ気づいたのか、須崎はあとずさり、どうぞどうぞと言わんばかりにドアノブに手をやって恭しく扉を開けた。

「亮、世話になったな」

俺が亮に声をかけると、俺と須崎のやり取りを見ていた亮は面白そうに笑った。

「ほんと、珍しいな。お前って意外に独占欲強いんだ?」

信じられないものでも見たような言い方に、軽くイラッとする。

独占欲?　この俺が?　冗談だろう?

須崎に中山麗奈を託すと危なっかしいから、俺が抱き上げているだけだ。好きでやっているわけじゃない。

「なんの話だ?」

俺は首を傾げながら、亮を見る。

「こっちの話。まあ、わかってると思うが、病人襲うなよ」

「信用ないな」

俺がフッと微笑すると、亮は口角を上げた。

「普段冷静な奴ほど、何がきっかけで豹変《ひょうへん》するかわからないからな」

「……豹変ね」

俺は声を出して笑ってみせる。

「それとも……すでに豹変したか？」

俺の反応を窺うように、亮の目が興味深げに笑う。

「どうかな？　想像に任せるよ」

そう言って須崎と一緒に医務室を出ると、こいつは楽しそうに目を輝かせながら俺に聞いてきた。

「もうお手つきなのか？」

「野暮《やぼ》なこと聞くなよ」

実際には何もなかったが、こいつにいちいち説明する気はない。

「マジで手、出したのか⁉　社員にとは珍しいな。ひょっとして本気なのか？」

俺の言葉を勘違いして、須崎が興奮して大声を出す。

「バカ。会社でそんな大声で話すことかよ。それに、彼女が起きるだろ」

声を潜めて呆れ顔で須崎を注意する。

「あっ……」

須崎が慌てて手で口を押さえる。

「今さらだろ。ほんと、バカ」

小声で言って須崎を一瞥《いちべつ》すると、俺は中山麗奈を抱き抱えたままスタスタと歩いてエレベーターの前で立ち止まり、須崎がボタンを押すのを待つ。

どいつもこいつも……俺と中山麗奈をくっつけようとしてないか？

普段なら余裕の笑みでかわすところだが、今日は少しからかわれたくらいで、なぜかイラッとしてしまう。

「須崎、何もたもたしてる？　早くエレベーターのボタン押してくれよ」

冷たく言い放つと、こいつは俺の機嫌の悪さを察したのか無言でボタンを押した。

エレベーターが地下の駐車場に着くと、須崎が車の後部座席のドアを開けた。

「おい、座席に荷物が置いてあるが、どうする？」

「杏子に頼んで彼女の荷物を運んでおいてもらったんだ。俺も後ろに座るから、荷物を助手席に移してくれ」

須崎が彼女の荷物を助手席に移すと、俺は彼女を車の後部座席に乗せ、俺の膝の上に彼女の頭を乗せた。

「白山《はくさん》の社員寮まで」

「了解」

須崎は運転席に座ると、車を発進させた。

——三十分後、寮に到着した。

寮といってもうちの会社がマンションを借り上げているので、普通のマンションと変わらない。

「寮に着いた。ほら、起きろ」

俺は眠っている彼女の耳元で声をかけた。

「……寮？」

中山麗奈が苦しそうに目を開ける。最初はボーッとしていた彼女だが、俺と目が合うと驚いて叫んだ。

「専務‼」

そして慌てて上体を起こし、俺から離れる。

「おはよう」

俺が悠然と微笑むと、彼女はビクッと身体を強張らせた。

小動物のようなこの反応……やはり、今朝のでかなり嫌われたな。相当具合が悪そうだし、起き上がるのもつらいだろうに……。

俺が苦笑すると、彼女は独り言のように呟いた。

「……なんで専務の膝で寝てたの？」

「医務室で寝てたから、そのまま起こさずに連れてきたんだ」

俺は、彼女の反応を楽しみながら答える。

「……すみません。わざわざ送っていただいて、ありがとうございます」

中山麗奈は、俺の目を見ずに礼を言う。……一刻も早く俺から離れたいのだろう。

そういう態度をとられると、相手が病人でも意地悪したくなる。

「送ったわけじゃない。君の着替えを取りに来ただけだ。体調がよくなるまでは俺の家にいてもらう」

きっと彼女は嫌そうに顔を歪《ゆが》めるだろう。

俺は彼女の様子を窺いながら口角を上げる。

「専務の家には行きません。……私ひとりで大丈夫です」

つらそうに肩で息をしながらも、彼女は俺に向き直って、はっきりと拒絶の言葉を口にする。彼女のまっすぐな目は、俺自身を拒んでいた。

四十度近い熱があるのに、どこが大丈夫なんだ？　大人しく俺に従えばいいのに。

今までの俺なら、ここで『お役ごめんになった』と喜んで、あっさり引いただろう。

だが、彼女を放っておくことはできなかった。

ひとりだと、無理をして病状が悪化してしまうかもしれない。気になってまた様子を見に来るよりは、やはり俺の目の届くところに置いておいたほうがいい。

このまま帰れば杏子に何か言われそうだしな……そう自分に言い訳して、中山麗奈の手をつかむ。

「大丈夫かどうかは、俺が判断する。須崎、ここで待ってろ」

ため息交じりの声で中山麗奈に言い、須崎のほうを振り返る。

「へーイ」

須崎が何か言いたそうに俺を見ながらニヤついているが、俺は無視した。

「早く。降りるんだ」

中山麗奈の手を引いて車から降ろし、また彼女を抱き上げようとすると、彼女は俺の手を振り払った。

「自分で歩けます」

そう言い張って、おぼつかない足取りで俺の前を歩いていこうとする。

やれやれ。どこまで強情なんだろう。素直に俺に頼れば楽なのにな。

「そうか？　でも、俺はついていく。それに、これがないと家に入れないんじゃないか？」

助手席から彼女のバッグを取り出すと、俺は彼女の目の前でバッグを掲げ、不敵な笑みを浮かべた。

「そのバッグ、私のです。返してください」

中山麗奈が俺のことを忌々《いまいま》しげに見ながら、バッグに手を伸ばす。

だが、俺はすんでのところで、バッグをひょいと上に掲げた。

「今はまだダメだ。部屋に着いたら返す」

顔をしかめる彼女に俺は意地悪く微笑む。

今、バッグを彼女に返せば、無理に走ってでも俺から逃げるに決まっている。そんなことはさせない。

ふたりでマンションの中に入ると、突き当たりにあるエレベーターに乗った。

中山麗奈は五階のボタンを押すと、エレベーターの壁にもたれかかる。

肩で息をしているし、身体もフラフラしていてかなりつらそうなのに、彼女が俺に頼る様子はない。

彼女はずっと無言で、エレベーターを降りて通路を歩いていくと、五〇五号室の前で立ち止まった。

「家に着いたし、もう大丈夫です。送っていただいてありがとうございました。そのバッグ、もう返してもらえませんか？」

かたちだけの礼を述べると、中山麗奈は俺に手を差し出す。

「返してはやるが、言ったよな？　君が大丈夫かどうかは俺が判断する」

俺がバッグを彼女に手渡すと、彼女はその中に手を突っ込み、手探りで鍵を探す。

だが、かなり焦っていたのか、バッグの中身を全部ぶちまけた。

可愛いピンクのポーチや赤い財布、紫のキーケースが彼女の部屋の玄関前に散らばる。

「……あっ、何やってるんだろう、私」

中山麗奈はしゃがみ込んで、頭を押さえながらバッグの中身を拾い集める。顔をしかめているし、相当具合が悪いのだろう。

拾うのを手伝おうと俺が身を屈《かが》めると、彼女は俺を睨みつけた。

「専務の手が汚れますから。私ひとりで大丈夫です」

どこが大丈夫なんだ？　ほんと、意地っ張り。

昨日彼女と初めて会ったばかりだけど、ひとつわかったことがある。彼女の『大丈夫です』は当てにならない。つらい時ほど、この言葉を口にする。

散らばったバッグの中身を全部拾い集めると、中山麗奈は立ち上がり、キーケースから部屋の鍵を取り出してドアを開けた。

すると、玄関に男物のシューズが一足置いてあった。

杏子は確か中山麗奈はひとり暮らしだと言っていた。なら、どうしてここに男物のシューズがある？　まさか、彼女の男の物か？

そう考えると、胸の中にボッと火がついたかのように嫉妬心《しっとしん》がメラメラと燃え上がる。

「寮に若い男でも連れ込んでるのか？」

俺が冷ややかな目を向けると、彼女はすかさず否定した。

「違います」

「会社の給料も、ホステスのバイト料も男に？」

「違います」

中山麗奈が顔を苦しそうに歪めて再び否定したが、俺は言うのをやめなかった。

「そんなに男が好きなんだ？」

俺の矢継ぎ早の質問に、彼女が今にも泣きそうになる。

「だから違います！」

中山麗奈は悔しそうにギュッと唇を噛みしめる。

「よかったな。ヒモがいるのなら、彼に看病してもらえばいい」

俺は冷淡な声で彼女に嫌味っぽく言い放つ。

やはり男に貢いでいたか。

そう思うと、自然に心も氷のように冷たくなる。

大事な男と一緒に落ちるところまで落ちたらいい。

「違います。何度言えばわかるんですか……」

中山麗奈は身体がもう限界だったのか、力なく玄関に座り込む。

「いずれにせよ、俺には関係ない。彼にしっかり看病してもらうんだな」

彼女もほかの女と同じだと思うと、なぜかイライラする。素の自分で接してしまう。

彼女を視界から追い出したくてバタンとドアを閉め、エレベーターの前まで来ると、後ろから若い男の声がした。

「待ってください！」

振り返ると、大学生くらいだろうか、背の高い青年が息急《せ》き切って、こちらにやってきた。

「姉と同じ会社の方ですよね？」

姉……？　じゃあ、この青年は中山麗奈の弟？　そういえば、杏子が弟がいるって言ってたな。

そう言われると、目元が似ているような気がする。

「ああ」

俺が彼の目を見ながら頷くと、彼は俺に向かって軽く頭を下げた。

「僕は中山麗奈の弟で海里といいます。姉を送っていただいてありがとうございました。初対面の方にお願いするのもどうかと思うんですが、姉の具合が悪そうなので看ていてもらえないでしょうか？」

「君は看病できないのか？」

「今、施設に父がいるんですが、肺炎で今日入院したらしくて、これから父の様子を見に行かなければならないんです。姉と連絡がつかなかったので、ここに寄ってみたんですが……」

父親が施設？

杏子は中山麗奈の家族について詳しくは言っていなかったが、彼女にはいろいろと複雑な事情がありそうだ。

「……わかった。僕がお姉さんを看るから、心配しなくていい。僕は長谷部 俊」

俺は中山麗奈の弟を安心させるかのようにニコッと微笑むと、名刺を一枚彼に手渡した。

「長谷部……あっ、姉の会社の専務さんなんですか？」

名刺を見た彼が、驚いて声をあげる。

「ああ。会社で君の姉さんが倒れた時に、たまたま居合わせてね。今日は僕の家で姉さんを預かるから安心していい」

「そうだったんですね。ありがとうございます。あの……」

中山麗奈の弟が俺の顔をチラリと見るが、何かを言いかけて口を閉じる。

「何かあるのかな？　専務だからって遠慮することはない」

俺の言葉で何か思い直したのか、彼はまっすぐな瞳で俺を見つめた。

「姉はヒモを作るような女じゃありません。夜のバイトをしているのも、父の医療費や僕の大学の学費を払うためなんです」

どうやら俺が彼女を罵倒した声が、彼にまで聞こえていたらしい。

それにしても、俺はひどい誤解をしていたんだな。

あれほど心の中が嫉妬でモヤモヤしていたのに、今は彼女にひどいことをしてしまったという罪悪感と、彼女が男に貢ぐような女じゃなかったという安堵《あんど》が胸の中に広がる。

「……僕が悪かった。君の姉さんにはあとで謝るよ」

俺が真摯《しんし》な目で中山麗奈の弟に告げると、彼はホッとしたような表情になる。

「ありがとうございます。あなたを信用します。ご迷惑をおかけして申し訳ないのですが、姉をよろしくお願いします」

それから、お互いの連絡先を交換すると、俺は彼と一緒に彼女の部屋に戻った。

ドアを開けると、彼女は玄関前の廊下に倒れ込んで苦しそうに息をしていた。

無理して歩くからだ。この意地っ張り。

「二、三着ほどお姉さんのパジャマとか、着替えを用意してくれないか？」

「はい」

彼女の弟が慌てて着替えを取りに行く。

俺は中山麗奈に視線を戻すと、ズボンのポケットからハンカチを取り出して彼女の額の汗を拭い、彼女の身体を優しく抱き上げた。ふと彼女の寝言を思い出す。

『私のぶんも幸せになって』と、あの時、彼女は確かに呟いた。

あれは……弟に対しての言葉だろうか？

彼女の弟の言うことを信じるなら、家族思いの彼女にかなり辛辣《しんらつ》な言葉を浴びせてしまった。弟や父親のためにも夜もあんなバイトをしていたのなら、俺のセリフでさぞかし傷ついたことだろう。

彼女の言いぶんも聞かず、勝手に彼女に母親を重ねていた。ホステスってだけで勝手に悪い女と決めつけて、俺はなんて冷静さに欠けていたんだ。

……俺らしくない。

「あんなひどいことを言って悪かった」

今の彼女の耳には、俺の謝罪の言葉は届いていないだろう。

でも、言わずにはいられなかった。

「俺が悪かった。ごめん」

俺は中山麗奈の身体をしっかりと抱きしめながら、彼女の耳元でもう一度静かに呟いた。

とらわれの身

――カタカタ、カタカタ。カタカタ、カタカタ。

なんだろう、この音？　パソコンのキーボードを叩く音？　でも、誰が？

ゆっくり目を開けると、そこには彼がいた。

「……専務。どうして……？」

専務の姿に驚いて周囲をキョロキョロと見渡せば……今朝、目覚めた時と同じ風景が広がっていた。

自分の家に帰ったかと思っていたのに、結局また専務の家に運ばれたの？

『俺が悪かった。ごめん』そんな声が聞こえたような気がしたけど、気のせいだろうか。

……記憶が途切れ途切れでわからない。

「起きたか？」

ベッドの端に腰かけながら膝に置いたノートパソコンで仕事をしていた専務は、サイドテーブルにパソコンを置くと、ベッドから立ち上がる。

「熱は？」

専務は私に近づいて、私の額に自分の額をくっつけた。

その瞬間、ドキッとする。

「ちょっと下がったな」

気のせいだろうか？　私を見つめるその目は、なぜか優しい。

な、なんでこんな恥ずかしいこと、涼しい顔でできるの？

私が目を見開いて驚いているのに、専務はクスッと笑いながら私の首から鎖骨へと手で触れる。

私はビクビク震えているのに、彼は私の反応を見て面白がっていた。

「結構、汗かいたな。着替えを持ってくる」

専務がニッコリ笑って部屋を出ていくと、私はゆっくり上体を起こした。

あれ？　今朝と全然態度が違うんだけど……。確か私のマンションにいた時も、さんざん罵《ののし》ってきたよね？

サイドテーブルに置いてあるノートパソコンが目に入り、ふと思い出す。

あっ、そういえば私……出張申請の承認をしなきゃいけないんだった。今日中に終わらせないと……。マズイよ。どうしよう。

顔面蒼白になる。

今、何時だろう？

壁にかけてあったブルーのメタルフレームのオシャレな時計に目をやれば、夜の九時過ぎ。

あのグータラな千田部長が、気を利かせてやってくれている可能性はゼロに近い。

本来は千田部長の仕事なのに……。今から会社に行くのは無理だし、専務のパソコンを使わせてもらえないだろうか。

申請の承認をしておかないと、社員がチケットを手配できなくなる。

そんなことを考えていると、専務が私の着替えとタオルを持って戻ってきた。

「私の着替えがどうしてここに？」

自分で用意した記憶なんてない。ひょっとして専務がうちのタンスとか開けたの？

私が目を白黒させていると、専務が声を出して笑った。

「君の弟が用意してくれたんだ」

海里が？　まさか下着まで⁉　ああ～、やだ。弟に下着見られるなんて、もう死にたい。

考えただけで頭が痛いし、恥ずかしくて一気にまた熱が上がりそう。

頭を抱えていると、私の考えが読めたのか、専務はフッと微笑する。

「俺が用意するよりマシだろう？」

私がじっと専務の顔を見ると、彼は面白そうに私の顔を見ながら、当たり前のように私のパジャマのボタンに触れようとする。

「何をボーッとしてる？　ほら、汗かいたし、着替えるぞ」

えっ⁉　なんで専務が着替えさせるのよ！

「じ、自分でできます！」

慌てて専務に背を向け、自分でパジャマのボタンを外そうとするけれど、熱のためか力が入らずなかなかうまくいかない。

もたもたしていると、見かねた専務にその手をはがされた。

「病人を襲ったりなんかしない。いいから、早く着替えるぞ」

そして前を向かされ、専務が慣れた手つきでボタンを外していく。

それにしても、私……いつの間にパジャマに着替えたの？　自分で着替えた記憶がない。まさか……。

顔から一気に血の気が引いていくと、私はチラリと専務に目を向けた。

彼は私と目が合うと、いたずらっぽく微笑む。

「大丈夫だ。ここに来た時も俺が着替えさせたし、なんの問題もない」

……やっぱり。全然大丈夫じゃない。問題大アリだよ！

専務の言葉がショックでガクッとうなだれる。

けれど、その間も彼の手はボタンを外し続ける。

いけない！

「待ってください。やっぱり、私、自分でできます！」

彼は医者でもなければ、恋人でもない。親友の兄で、うちの会社の重役。それだけだ。

慌てて専務の手をつかむけど、彼は笑って私の手をつかんで離した。

「自分でできなかっただろ？　身体が思うように動かないんだから、大人しくしていろよ。恥ずかしいなら目を閉じてればいい」

……この人、私が困ってるのを見て楽しんでる。なんて意地悪な人なんだろう。

「目を閉じていたって、恥ずかしいものは恥ずかしいんです」

今度は後ろを向いて抵抗したけれど、彼にすぐに振り向かされた。

ああ～、もう～、身体がつらくなかったらもっと抵抗できるのに……。

「そうか？　でも俺は気にしないから、楽にしてればいい。君の下着姿を見るのは初めてじゃないし」

専務は落ち着いた口調で言うけれど、その目は私を見て面白そうに笑っていた。

私は気にするんです！

こんな状況で楽にしていられるわけがない。何度言ったらわかるのだろう。

いや、わかっててやっているのだ。会社では〝紳士な専務〟で通ってるのに、どうして私の前ではこんなに意地悪なの？

「だから……専務、やめてください」

専務の手を再度つかんで必死で彼の手を引きはがそうとしたが、また彼に手をつかまれた。

「その専務っていうのはやめようか。家にいるのに会社にいるようでくつろげない」

「じゃあ、長谷部さん……手を止めてください」

「うちの会社、長谷部って三人いるんだ。〝俊〟でいい」

……呼べるわけがない。彼は一体なんのゲームがしたいのだろう。完全に話をすり替えている。本当に、ひと筋縄ではいかない人……。

「呼べません！　もう、いいから手を離してください！」

思い切り叫んで、専務につかまれた手を振りほどく。

叫んだせいか息がゼーゼーいって胸が苦しい。熱もまた上がったのかな？　身体が熱い。

この着替えの攻防で私はかなりの体力を消耗したらしい。思うように動かないこの身体が呪わしい。

身を屈めて苦しむ私の両肩に専務はそっと手を置くと、優しく目を細めた。

「抵抗しても、疲れるだけだ。目をつぶって、大人しくしていろ」

そう言う専務を、肩で息をしながら無言で睨みつける。私の最後の抵抗だ。もう力が出なくて、彼から逃れることはできなかった。

「意地っ張りって言われるだろ？　お前みたいな女、初めて見たよ」

専務は私のパジャマを脱がせて濡れたタオルで私の身体の汗を丁寧に拭うと、私が新しいパジャマに着替えるのを手伝った。

恥ずかしくてまたどっと汗が出そう。この拷問《ごうもん》のような状況、なんとかならないの？

ギュッと目をつぶって耐えていると、彼は面白そうにクスクス笑った。

「ほんとに男性経験ないんだな」

「専務には関係ないでしょう！」

顔を真っ赤にして声を荒らげるけれど、ますます体力が消耗されていく。

「〝俊〟だ。ほら、言ってみろ。俺も〝中山麗奈〟って毎回呼ぶのは面倒だから、〝麗奈〟って呼ぶことにする」

専務が私に顔を近づけ、悪魔のように口角を上げる。

……逆らえない。彼がこういう黒い笑みを浮かべる時はヤバそう。

「……しゅ……しゅん」

恥ずかしいのを我慢して、やっとの思いで彼の名前を口にする。

「それでいい。腹は空いてないか？　リンゴとかお粥《かゆ》とか食べられそうか？」

「キッチンを貸してもらえれば私が……」

私がベッドから起き上がろうとすると、彼は頭を振ってそれを制止した。

「その身体じゃ無理だ。病人は大人しく寝てること。で、何がいい？」

「でも……これ以上、お世話になるわけには……」

私がぐずぐず戸惑っていると、専務は私の頭に手を置いた。

「麗奈、また倒れるぞ」

顔は笑っているけど、口調がちょっとキツい気がする。

もしかして私が強情だから、イラ立ってる？

「……リンゴなら食べられそうです」

今度は素直に答えると、専務は頬を緩めた。

「リンゴか。了解」

専務は、私が脱いだパジャマを持って部屋を出ていく。

彼がよくわからない。あのパジャマ……彼が洗濯するつもりだろうか。ビニール袋にでも入れておいてくれれば、私が家に持って帰って洗濯するんだけど。

しばらくして、専務はリンゴと水と薬をトレイに乗せて持ってきた。

これは本当に専務なのだろうか？　どうしていきなり態度が変わったの？

混乱しつつも、綺麗にむかれたリンゴを見て、思わず感心してしまった。

「……リンゴむけるんですね」

思ったことが、自然と口から出てしまった。専務相手に失礼だったかもしれない。

でも、彼はそんなことは気にせず笑っていた。

「ひとり暮らしだから、簡単な調理くらいならできる。意外だったか？」

「ほぼ外食だと思ってました」

本当に王子様のような外見だし、彼が包丁を握ってキッチンに立つ姿なんて、想像できない。

「前に言ったが、ずっとフレンチとかを食べてるわけじゃない。アジの干物だって、納豆だって普通に食べる。ほら、俺のことはいいから、食べろよ」

専務がフォークにリンゴを刺して私に差し出す。

「……はい、いただきます」

私は少し警戒しながらも専務からフォークを受け取り、リンゴを口に運ぶ。熱のある私には、リンゴは冷たくて甘くておいしかった。

それにしても、納豆を食べている専務なんて想像できない。そう思うと、こんな状況なのに笑みがこぼれた。

「何がそんなにおかしい？」

専務が私を見て怪訝な顔をする。

「せん……俊と納豆って合わないと思って」

「そんなに意外なら、今度目の前で食べてみせるが」

専務が楽しそうに顔をほころばせると、私もつられて笑顔になった。

「社食でやってみせてください。きっと、周りの女性社員が興味津々《きょうみしんしん》で見ると思います」

「俺は珍獣か」

専務が私の言葉にツッコミを入れて、苦笑する。

専務との会話が楽しい。これが、素の彼なのだろうか？

気を許してはいけない相手なのに、こんな楽しそうな笑顔を見せられると調子が狂う。

「血統はいいですけどね。性格は……あっ‼」

『性格は悪い』とうっかり口を滑らせそうになって、慌てて口を両手で押さえる。

「性格は何？」

専務が私の両手をつかんで、私に非の打ちどころのない秀麗な顔を近づける。

「性格はなんて言おうとしたんだ、この可愛いお口は？」

私の両手を離すと、専務は妖しい目をして、親指の腹で私の唇をゆっくりなぞる。

「……複雑かなって」

私はおどおどしながら、本心とは違う言葉を口にする。

「〝複雑〟って便利な言葉だな。本当は違うことを言おうとしただろ、麗奈？」

専務は甘い声で囁いてくるが、彼の悪魔のような表情が怖い。

「それは……」

彼から逃れようとしたけど、金縛りに遭ったかのように、身体が動かなくなった。

「嘘つきにはお仕置きをしないとな」

専務の声色がダークなものに変わり、彼が私の顎をつかんで唇を近づける。

彼の吐息を感じたかと思うと、柔らかい唇が重なり私は戸惑った。

専務は一体、私をどうしたいのだろう？　私には彼が何を企んでいるのかわからない。

恋人でもないのに、どうしてこんな甘いキスをするの？　私の心をおもちゃのようにもてあそんで楽しむつもりなの？

彼は……悪魔だ。

うちの会社の女性社員は『爽やか王子』なんて言っているけど、とんでもない。

美しくて、ワガママで……腹黒な悪魔。

自分がどうすれば女が落ちるか熟知しているだけに、彼の存在は厄介だ。今朝あれだけ軽蔑されたのに、このまま彼に溺《おぼ》れそうになる。

でも、そんなわけにはいかない。私は夢なんて見ない。ううん、そもそも自分がこんな境遇じゃなくたって、私と彼が釣り合うはずがない。

「……いけない」

私は専務の胸を押しのけて、彼を拒んだ。

「そういうお仕置きは、もっと可愛い子にしてください。私じゃ楽しめませんよ」

私は作り笑いをしてそう告げると、専務からプイと顔を逸らした。

私で遊ぶのはやめてほしい。私にだってプライドはある。ホステスのバイトをしていても、私は決して男の人のおもちゃなんかじゃない。

「自分のことを知らないって罪だよな？」

専務が意味深に呟く。

「え？　なんの話ですか？」

彼の言葉の意味がわからない。

「いいや、こっちの話。この薬を飲むんだ。明日熱が下がっても、会社は休むこと」

専務が部屋から出ていこうとすると、私は彼を呼び止めた。

「すみません。あの……専務の……俊のパソコンをお借りしたいんですけど……」

私は彼のノートパソコンに目をやり、恐る恐るお願いしてみる。

「なんでだ？」

私のお願いがあまりにも突飛だったのか、専務が片眉を上げる。

「今日中に処理しなきゃいけない仕事が残ってて」

専務を正視できなくて、うつむいたまま答える。

「ふーん。貸してやってもいいけど、俺も横で見てるぞ」

「……はい」

専務の前ではやりたくなかったけど、ほかの社員を困らせるわけにはいかないから、仕方ない。彼のノートパソコンを借りて千田部長のＩＤで社内システムに入る。

専務は何も言わずに私が処理をするのを見ていた。

……なんだか彼のまとっている空気が、ピリピリしているような気がする。この沈黙が怖い。

千田部長宛に来ている申請をクリックして承認処理をしていくと、横で見ていた専務の表情がだんだん冷たくなっていく。

やっぱり、時間がないとはいえ、専務の前で千田部長の仕事をやるのはマズかったよね。

熱で私の頭は判断力が相当鈍っていたらしい。仕事を処理することばかり考えていて、部長のことまで頭が回らなかった。

「これって、千田部長の仕事だよな？　君が承認したのを彼はチェックしているのか？」

声までもが空気を凍らせそうなほど冷たい。

「……多分」

私は身体を固くして、小声で言葉を濁す。

千田部長はこんな業務があることさえ、忘れているだろう。専務が怒るのは当然だ。部下に承認処理をさせるなんて、間違っている。

「あのハゲ、海外の僻地《へきち》にでも飛ばすか」

ブリザードのような冷たい目で、専務が恐ろしいことを口にする。

「あの……このことは内緒に……できませんか？」

千田部長には困っているけど、私のせいで彼が飛ばされるのは、さすがにいい気がしない。

「できるわけがない。麗奈の名前は出さないよ。明日付けで君は俺の秘書だしな」

専務が私を見据えてニヤリと笑う。

……今、なんて言った？『俺の秘書』？　嘘でしょう？

専務の言葉が信じられなくて、思わず聞き直す。

「冗談ですよね？　私は秘書課への異動願いなんて出してませんよ！　須崎さんがいるじゃないですか！」

「須崎にはもっと外に出てもらいたいし、麗奈がサポートしてくれると、いろいろと助かるんだ。麗奈は俺に媚びないし貴重なんだよ。ほかの女は勘違いしそうだからな」

専務が黒い笑みを浮かべる。

「私の意思を無視して勝手に決めないでください！　明日からなんて無理です。引き継ぎだってあるんですから」

そもそも、腹黒な専務のもとで働くなんて絶対無理！

ああ、なんだかまた頭痛がしてきた。私はまだ悪夢でも見ているんだろうか？

「君の意思なんて関係ない。俺の秘書になるなら、あのバイトのことは黙っててやるよ」

私をもてあそんで楽しむような専務の口調に、私は憤慨《ふんがい》した。

「……卑怯《ひきょう》じゃないですか？」

「この話を断れば、君はクビだよ。いいのか？　弟を無事に卒業させたいだろう？」

……ちょっと待って。なんでうちの事情を知ってるの？　この男、やっぱり油断できない。やっぱり気を許せない。

挑発的に見つめてくる専務を、私は睨みつけた。

「この腹黒王子！　人を脅すなんて最低ね」

私が専務を罵ると、彼は不敵な笑みを浮かべて言った。

「俺に面と向かってそんなこと言うのは、君くらいだ。だが、俺には逆らわないこと。

君もバカじゃないんだから、わかるよな」

私は腹黒王子にまんまと捕らわれてしまったらしい。今の私に拒否権などない。

私は血が出そうなほど唇を噛みしめると、憎々しい思いで咎めるような視線を彼に投げつけた。

公私混同［俊ＳＩＤＥ］

「それで、兄さんは一体何を企んでいるのかしら？」

翌日の午後、社内報で麗奈の人事が発表されると、定時過ぎに杏子が珍しく俺のところにやってきた。

彼女が来ることは予想していた。突然の人事で、親友が俺の秘書になるのだから。

「何も企んでいないよ」

ちょうどデスクで仕事をしていた俺は書類から目を上げ、涼しい顔で答える。

「麗奈を兄さんの秘書にして、囲い込んでどうする気？　いくら麗奈を気に入ったとはいえ、公私混同してない？」

今回の人事に不服なのか、目を細めながら杏子が俺を見据える。

公私混同……まあ、杏子の前では決して認めないがそうだろうな。

「僕ってそんなに信用ないかな？　須崎ひとりに結構負担がかかっていてね。秘書課には四人しかいなくて空いている人がいないし、中山さんが適任だと思ったんだ」

俺は手を組んで杏子に向かってニッコリ微笑み、もっともらしい言い訳を口にする。

「そう言って人事部長も丸め込んだわけ？」

杏子の反応は冷ややかだ。

「同じ総務部だよね。それに中山さんは杏子と親しいし、いろいろと仕事をする面で円滑に事が運ぶと思って。中山さんを助けてあげてくれるかな。しばらくは、ほかの社員のやっかみもあると思う」

俺の地位や金目当てで、俺の秘書になりたがる女性社員は多い。

そういう打算的な女がそばにいるのが嫌で、あえて須崎を秘書に据えたが、あいつにはもっと外部に働きかける仕事をさせたい。

今、うちの会社は急激な円安で輸出関連が好調だが、また円高に転じれば業績がどうなるかわからない。

中国との関係は政治的に悪化してきているし、現在、うちの四割を占める中国の生産ラインを三年以内にインドネシアにシフトしていくには、須崎にもっと動いてもらう必要がある。

「優しい上司みたいな言い回しだけど……今、社長が千田部長を呼んだことと何か関係があるの？」

杏子の俺を見る目は厳しい。俺は彼女にあまり信用されていないらしい。

千田部長の件は、今朝、社長である父に話した。須崎に調べさせたところによると、あのハゲは会社から社員に出される香典費用などの着服もしていたらしい。総額四十万程度だが、犯罪には違いない。父も憤慨していたし、近いうちに懲戒解雇になるだろう。

「まだオフレコだけど、千田部長は近く懲戒解雇になるかもしれない。会社の金を着服していたし、部下に自分の仕事を押しつけていたから、放っておくわけにはいかないだろう？　杏子も知っていたはずだよね？　千田部長は中山さんに自分の仕事をさせていた。ずっとこのままでいれば、中山さんはまた倒れるよ」

杏子だって実情は知っているはずだ。こう言えば、もう深くは追及しないだろう。

「あくまでも、今回の人事は麗奈のためって言い張るわけね？」

杏子に疑わしげに俺の瞳を覗き込む。

だが、この程度で怯む俺ではない。

「ほかにも理由はあるけど、彼女のためでもあるよ」

嘘は言わない。ある程度本当のことを伝えるほうが、信憑性《しんぴょうせい》が増す。

「わかったわ。でも、麗奈はとってもいい子なの。何度も言うけど、本気ならいいし、私も応援するわ。でも、遊びの相手にはしないでね」

杏子が俺をまっすぐな目で見ながら、念を押す。

「もちろんだよ」

俺が頬を緩めると、杏子はムスッとした。

「その笑顔がクセ者なのよね。いつも笑顔で疲れない？」

「心配してくれるんだね。でもこれが素だから」

俺はわざと声を出して笑った。

適度に息抜きはしているし、問題はない。俺の処世術だし、今後も変える気はない。

「それで、麗奈の具合は？」

「今朝はもう熱が下がってたよ。まだ寝ていたから起こさずに会社に来たけどね」

寝室に様子を見に行くと、麗奈はぐっすり寝ていた。

俺が部屋に入っても、彼女の額に手を触れても、目を覚まさなかった。

苦しそうに眠る姿を見て、少し胸が痛んだ。

俺が昨夜彼女に言った『弟を無事に卒業させたいだろう？』って言葉が、かなり彼女を苦しめているに違いない。自分がホステスをしてでも弟の学費を稼ごうとしている彼女だ。弟は、彼女にとってとても大事な存在のはず。

もっと優しい言い方もあっただろうに、彼女を見ていると、ついいじめたくなる。

自分でも知らなかったが、俺は案外、不器用な人間なのかもしれない。

麗奈はきっと、起きたらすぐに家に帰るだろう。俺は彼女に嫌われているから、一刻も早く俺のところから逃げたいに違いない。

コンシェルジュに、麗奈を見かけたら彼女のためにタクシーを呼ぶよう言づけてきたが……またひとりにすると何か無茶をしそうだ。彼女はそういう性分なのだろう。放っておくと、彼女がまた危険な目に遭うんじゃないかと心配になる。

どうしたものかな？

「どうしたの？　麗奈のことでも考えてた？　近くにいないと心配かしら？」

杏子が俺の心の中を見透かしたような顔で見てくる。

当たっているが、彼女の前で素直に認めたくはない。

「いや、なんでもない。ちょっと気になることがあっただけだよ」

「そんなに心配なら、早退して麗奈の看病でもしたら？」

杏子が俺の顔を見て、面白そうにクスッと笑う。

俺の考えはお見通しってわけか。洞察力のある妹を持つと、話をはぐらかすのもひと苦労だな。

「大事な部下のことは心配だけど、自分の仕事を放棄するわけにもいかないよね？」

ニコッと笑いながら、俺は杏子と目を合わせた。

数秒の沈黙。お互い腹の探り合いだ。

杏子は俺の顔を見て何か言いたげだったが、言葉を呑み込んだらしい。

「……まあ、いいわ。とにかく、麗奈のことは大事にしてよね」

杏子は踵《きびす》を返して後ろ手を振りながら、専務室を出ていく。

すると彼女と入れ違いに須崎が入ってきた。

「相変わらずだな。兄妹なんだから、もっと本音で話せばいいじゃねえか？」

俺たちの会話が聞こえたのか、須崎はお節介にも口を出してくる。

「ずっとこうしてきたんだ。今さらそう簡単に変えられない」

俺は冷めた表情で須崎を見据える。

「それで、俺をいじめて息抜きか？」

須崎が俺の顔を見てニヤリとする。

「明日から息抜きの相手も増えるし、お前の負担も減るぞ」

俺は軽く笑う。

「なぜ中山さんを選んだ？」

「……彼女なら自分のテリトリーに入れてもいいと思った」

それは、自分の素直な気持ちだ。むしろ、そばに置いておきたいって思った。彼女のことが気になって目が離せない。

今までずっと女なんて遠ざけていたのにな。なぜこんなにも彼女に惹かれているのだろう。彼女のことを考えると、この俺が冷静さを失う。それはなぜなのか？

理由を考えてハッとする。

そうか、俺は彼女のことが好きなんだ。

麗奈の複雑な事情を知ってしまったからかもしれないが、意地っ張りな彼女を見ているとかまいたくなる。

今朝、彼女の弟から父親の様子を伝えるメールが来たが、あまり病状は思わしくないらしい。

朝、家を出る時彼女はまだ寝ていたが、このことを知ったらどうするだろうか？

「それはかなり貴重だな。俺はそんな女、地球上にはひとりもいないと思っていたがな」

『地球上』ってそこまで言うか。

「お前も言うな」

こいつの遠慮のない言葉に、俺は苦笑した。

「それで、昨日は彼女とどんな夜を?」

須崎がニヤニヤしながら俺に聞いてくるが、俺は平然と答えた。

「普通に看病しただけだ。お前が期待するようなことは何もない」

「『普通に看病』ねえ。明日は雪でも降るんじゃねえか?」

須崎が俺に疑わしい視線を向ける。

「からかうなよ。それより、今朝頼んだ中山麗奈のこと、何かわかったか?」

彼女の家庭の事情が気になる。

このまま、あのバイトを続けさせるわけにはいかない。高級クラブでも、所詮は水商売だ。悪い客に身体を触られることもあるだろう。

そんな仕事、もうやらせたくない。

大した情報はなかったのか、須崎は書類も見ずに麗奈の情報をすらすらと口にする。

「実家は千葉で、母親が八年前に病気で死亡、父親は去年の夏、脳溢血で倒れて以来、半身不随で施設に入っている。大学三年の弟がひとりいて、経済的に苦しいため母方の叔母が経営するクラブでアルバイトしている。以上だ」

「母親はいないんだな。父親も今、肺炎で入院しているし、いい状態とは言えないな」

麗奈はかなりつらい状況に違いない。

「驚かないんだな。知ってたのか？」

「多少な。弟には昨日会ったんだ」

品行方正な、優等生タイプの青年だった。

誠実そうで、あまり人を疑うことを知らない……そんな印象。ちょっと姉に似ているか。そういうタイプは……いじりたくなるんだよな。

「父親には愛人がいたが、彼が倒れてから姿を消したらしい。中山さんは父親とはずっと疎遠だったようで、父親が施設に入ってからも、数回しか千葉には帰っていない。何かあればいつも弟が顔を出すそうだ」

「父親に愛人ね」

それなら疎遠になってもおかしくはない。

「それで、お前の囲い込み計画の最終目標はなんだ？」

須崎のネーミングに苦笑を浮かべるも、俺はこいつの問いに数秒沈黙する。

『最終目標』……？

須崎に言われ、ハッとする。

それは……麗奈をずっと俺のそばに置いておくことで、それはすなわち……。

「……結婚かもしれないな」

両手を組んで、その上に顎を乗せながら俺がポツリと呟くと、須崎は楽しそうにヒューと口笛を吹いた。

「結婚を毛嫌いしていたお前がねえ。おもしれー。これは本当に明日、雪が降るな」

須崎が俺を見ながらゲラゲラ笑うが、こいつの言動にイラッとした俺は、冷ややかな視線を投げつけた。

「お前のその減らず口に、ガムテープ貼ろうか？」

「まあまあ、そう怒るなって。今回の調査、俺は忙しいのに頑張ったんだから、特別手当つけろよ」

「特別手当？　どの口が言うかな？　大した内容じゃなかったが」

俺は須崎に刺々しい口調で告げた。

「内容はどうであれ、労働時間かかってんだぞ」

須崎は不満そうに声をあげる。

俺は目を細めてじっと須崎を見つめると、冷淡に言い放つ。

「労働時間ねえ。この程度なら電話を二、三本かければわかるはずだ。お前にしてはお粗末すぎるな」

「だったら、お前がやれよ。お前の女の件だろうが？」

仏頂面の須崎は、フンッと鼻を鳴らす。

「俺にそんな口を利けるのか？　お前が女にフォークで刺されそうになったところを、助けてやったのは誰だっけ？」

俺は須崎に向かって、意地悪く微笑む。

「キャットにお前の居場所を教えようか？」

キャットというのは、須崎の元カノ。アメリカ人で金髪の美人だが、かなり嫉妬深い。二年前に別れたが、須崎のことが忘れられず、いまだにストーカーのように彼を追っているらしい。

須崎はそれ以来、数ヵ月に一度は家を変えるようになった。アメリカにいた時、キャットはオフィスにまでやってきて、彼を追いかけ回した。復縁を迫ったが須崎に即座に断られ、逆上して用意していたフォークで彼に襲いかかろうとした。

その時、タイミングよく俺が通りかかって、彼女のフォークを取り上げて事なきを得たのだ。

「お前……まだ言うか」

ギョッとした表情で、須崎が俺を見る。

「相手の弱点は、有効に利用しないとな」

逆らうお前が悪い。

俺は、勝ち誇った笑みを浮かべる。

「くそっ、そのうちパワハラで訴えてやるからな？」

須崎は悔しそうに俺の顔を見ながら、歯ぎしりをする。

「そんなことより、銀座のクラブって何時から始まる？」

こいつの相手をするのも飽きて、俺は話の腰を折った。

「なんだよ、急に。たいてい八時くらいからじゃねえか？　話、すり替えるなよ」

「今日の会食、八時前に終わらせるぞ」

「は？　なんでだ？」

須崎が首を傾げる。

「銀座のクラブに行く」

今日、麗奈は会社を休んでいるが、少しでも金を稼ぎたいだろうし、クラブには出勤するはずだ。

疎遠だったという父親の病院には行かないだろう。

彼女がホステスのバイトをして、ほかの男と一緒にいるのを見たくない。ほかの男が彼女に触れるのも見たくない。絶対、今日で辞めさせてやる。

「お前……女にハマりすぎ。仕事、ちゃんとしろよ。本当にあの長谷部俊か？」

須崎が俺を見ながら、呆れたように呟く。

「もちろん、仕事は手を抜かない。だから、誰にも文句は言わせないさ」

俺は須崎に向かって、悠然と微笑んでみせた。

私への罰

「あら、もう風邪はいいの？」

叔母がバーカウンターの椅子に腰かけながらタバコをふかし、私にチラリと目をやる。時刻は開店十分前の七時五十分。

今日の私は、水色のドレスを着ている。私がここで着るドレスは、どれも叔母が昔着ていた物だ。彼女も小柄で私と体型が似ている。

今朝専務の家で目覚めると、身体はちょっと気だるかったけど、熱はすっかり下がっていた。

専務はすでに出勤したあとだったのか、マンションに彼の気配はなくてホッとした。彼と顔を合わせたら、また異動の件で口論になっていたかもしれない。

すぐに身支度をして専務の家を出たものの、鍵を閉められないことに気づく。

『あの腹黒王子、鍵くらい置いてってよ』

思わず毒づく。

家に閉じ込めて軟禁するわけでもないし、何考えてるんだろう。

仕方なくコンシェルジュのお兄さんに戸締まりを頼んだけど、多分大丈夫だよね？　泥棒が入ったとしても、私を勝手に家に連れてきた専務が悪い。

コンシェルジュのお兄さんは私の顔を見るなり、なぜかタクシーを呼んでくれた。最初は断ったんだけど、タクシー代は専務が払うと聞いて、素直に家まで送ってもらった。

彼が払うなら全然かまわない。無理やり連れてきたのは彼だし。

会社には欠勤の連絡を入れ、バイトの時間まで家でずっとベッドで横になっていた。肉体的にもキツかったけど、それ以上に精神的に疲れていたし、会社に行って専務の顔を見たくなかったから。

今日から彼の秘書だなんて、冗談じゃない。自分の都合で異動を勝手に決めた彼を許せなかった。私だって自分なりに工夫して、一生懸命総務課の仕事をやってきたのだ。すぐに異動って言われても、引き継ぎもしなきゃいけないし、気持ちの整理がつかない。

彼はどうしてこんなに私に絡んでくるんだろう。きっと私を近くに置いて、いじめて楽しむつもりなんだ。でも、遊ぶ女が欲しいなら、ほかを探してほしい。ホステスのバイトはしていても、私は遊びで男性とつき合う女じゃない。

「熱は下がったから大丈夫。それより、どうしてあの夜、うちの会社の専務に私をつかせたの？」

あの時呼ばれなければ、バレなかったかもしれないし、無理やり専務の秘書にされることもなかったはずだ。

明日はさすがに会社に行かなきゃいけないし、異動のことを考えると頭が痛い。

「素敵な恋が芽生えたら面白いでしょう？」

十代の女の子のような可愛い表情で楽しげに笑うと、叔母は灰皿にタバコを押しつけて火をもみ消す。

なにバカなこと言ってるの？　銀座の高級クラブのママが、そんな夢見る乙女みたいなことを言ってて店やっていけるの？

きっと、私をからかって退屈しのぎをしたかったに違いない。

私は冷めた目で叔母を見た。

彼女は私の母の四つ下の妹。性格は明るくて優しいけど、現実離れしているところがあって、たまに何を考えているのかわからない。身長は私と同じくらいだけど、見た目は三十代半ばで顔もそこそこ整っていて、色気のない私としては悔しいくらい色っぽい。

店ではいつも着物姿であでやかだ。髪は毎日、カリスマ美容師に店まで来てもらってアップにしていて、そのついでに、私も髪を整えてもらっている。

綺麗な叔母のファンは多く、銀座に店を持てたのも、どこかの大企業の社長さんが叔母に出資したかららしい。

モテるんだから、誰かいい人と結婚しちゃえばよかったのに。

でも叔母いわく、〝モテる＝《イコール》結婚できる〟ではないらしい。

まあ、叔母さんは家事が苦手だし、大人しく主婦に収まるような人じゃない。

「どんな恋が芽生えるって言うのよ。せいぜいホステスとなんて愛人がいいとこよ」

そして、飽きたら捨てられるんだ。

私は呆れ顔で、吐き捨てるように呟く。

「あんたって意外と現実的よね」

叔母が呆れたように言う。

「夢だけじゃ生活していけないのは、銀座でママやってるんだからわかるでしょう?」

夢見てお金が稼げるのなら、こんな苦労はしない。

「あら、現実が残酷だから夢を見るのよ」

叔母はフフッと笑う。

勝手なことを言って……お願いだから私を巻き込まないでほしい。

「この間の残業代、もらいますからね。忘れないでよ」

残業代よりも、専務の家からうちまでのタクシー代のほうが高いかもしれない。

初めて専務のマンションに泊まった時、ドレス姿だったし、電車だと始業時間に間に合わないから仕方なくタクシーで帰ったけど、四千円もかかったのは痛かった。

普通に家に帰っていればあんなことにはならなかったのに、つくづくついていなかった。なんのためにバイトしているのかわからない。

専務って私にとって疫病神《やくびょうがみ》じゃない？

あの王子みたいな端正な顔に騙されてはいけない。

「ちゃっかりしてるわね。今日もしっかり稼ぎなさいな。ほら、お客様が見えたわよ。そんなに現実が好きなら、お客を見てお金と思うのね」

叔母が私にこっそりそう告げながら入口のほうに目をやり、客に向かって妖艶に微笑む。

最初の客は四十代のメガネをかけた小太りの中年男性と、その部下らしい三十代のスラッと背の高い男性。

「ジュピターの部長さんよ。行ってきなさい」

艶《つや》やかに笑って私の背中を押す叔母は、どこか企み顔だ。

『ジュピター』は大手電気機器メーカーで、うちの会社の大事な取引先だ。最近は家電の売上が好調で、この店を接待でよく使ってくれる。

そういえば、園田さんもジュピターって言ってたな。

名刺をもらわなかったから詳しい役職は知らないけど、園田さんと私の会話にはなんというか、ちょっとした信頼関係があるし、肩書きなんて必要ない。このお客様もそうだといいけど。

さあ、仕事だ。お金稼がなきゃ。

私は作り笑いをして、客に近づく。

うちの人気ホステスのマリさんが一緒だったから、私がつくのはてっきり若い男性のほうだと思っていたのに、その人の隣にはマリさんがさっさと座ってしまった。

仕方なくメガネの男性の横に座る。

「初めて見る子だね。名前は？」

メガネの男性が早速、私の太ももに触れ、ニヤニヤしながら聞いてくるが、口臭がかなりキツい。

ハンカチで鼻を押さえたいのを我慢したけど、いつまで笑顔でいられるだろう。

口臭もそうだけど、こういういやらしい触り魔タイプは、生理的に受けつけない。

「ナナです。よろしくお願いします」

引きつり笑いを顔面に貼りつける。

「可愛いね。私は、ジュピターの開発部の部長をやってるんだ」

口臭男が胸ポケットから名刺を取り出して、自慢気に私に差し出す。

私はちょっとためらいながら、その名刺を受け取った。

「ジュピターの部長さんなんて、井澤《いざわ》さんはすごいんですね」

高めの声を出して相手を持ち上げる。

「ナナちゃんの名刺はないの？」

「すみません。私はまだ見習い中なので……。お飲み物は何にしますか？」

私は言葉を濁して、名刺の話題をかわした。

「いつもはウィスキーなんだがね。ナナちゃんとシャンパンで乾杯するのもいいかな？」

井澤さんは私の腰に手を回したかと思うと、どさくさに紛れて私のお尻に触れてきた。

うわっ……今度はお尻！

思わず声をあげそうになったが、なんとかこらえる。

このスケベ親父！

私は心の中で毒づいた。

しかも、頼んだのは一万円の安物のシャンパン。

「ピザでも食べながら、ナナちゃんのことをもっと知りたいな」

スケベ親父が私に顔を近づけて耳元で囁く。

彼の口臭に耐え切れず、私はついに顔をしかめた。

一流企業に勤めてるくせにケチだし……。

マリさんが、この親父の隣に座らなかった理由がわかった。口臭がキツくて、身体にまで触るくせに、安物の酒しか頼まない嫌な客だからだ。まだ、専務のほうがずっとマシな客に思える。

ああ、彼のことを思い出すのはよそう。

私はブンブンと頭を振る。

この拷問のような状態はいつまで続くの？　一時間？　それとも二時間？

私が黒服のお兄さんを呼んでシャンパンを頼むと、スケベ親父は私に身体を密着させてきた。

やだ、気持ち悪い。鳥肌が立ちそう。

こんな男から早く離れたいのに、それができないのが悔しい。

誰でもいいから、ほかのお客様からの指名が来てほしい……。けど、バイトだし接客が苦手な私を指名してくれる客なんて、滅多にいない。

スケベ親父が私に何か話しかけるが、私は曖昧《あいまい》な返事しかできなかった。

早く終わってほしい。早く家に帰ってシャワーを浴びたいと、ひたすら願う。

シャンパンが運ばれてきて乾杯すると、スケベ親父はさらに密着してきた。

彼の吐く息が私の頬にかかる。

くさ～い‼

私は顔を背けた。

すると、スケベ親父は何を勘違いしたのか、私の胸に触れニヤニヤ笑う。

「ナナちゃんはBカップだね」

なんのゲームをしてるの？　このスケベ親父、調子に乗りすぎ‼

ギュッと握った拳がブルブルと震える。

こんな男、グーで殴ってやりたい。

ちょうどマリさんと目が合い、『助けて』と必死に目で訴えるが、素知らぬ顔をされた。

……どうやらママの姪《めい》である私は、特別扱いされていると思われているのか、嫌われているらしい。

自分でなんとかしろって言うの？　この状況でどうやって？

お願い、誰か助けて！

スケベ親父の手を胸から遠ざけようとするが、胸から手がやっと離れたと思ったら、今度は驚いたことに胸を鷲《わし》づかみしてきた。

嘘……。

ショックで一瞬、頭が真っ白になり、嫌悪感と恐怖を抱く。

今までこのバイトをやってきて、これほどひどいことをされたのは初めてだった。

客のタチが悪すぎる。

呆然《ぼうぜん》としていると、誰かに力一杯手を引かれてソファから立たされ、その勢いでそのままその人の胸の中に収まった。

痛い！

思い切り鼻を打ち、恐る恐る顔を上げると、専務がスケベ親父と対峙《たいじ》していた。

なんで彼がここにいるの？

私は呆然と彼を見上げたまま、言葉をなくした。

「おい、なんだお前は！」

スケベ親父が専務に向かって声を荒らげるが、専務は彼に怯まず鋭い眼光で睨みつける。

「この子は僕が指名したので。失礼」

専務が私の手を強くつかんで、外に連れ出そうとする。

「ちょ、ちょっと待ってください！　私、まだ勤務中です」

ハッと我に返って私が専務に抗議すると、彼は冷淡な口調で告げた。

「問題ない。ママに話は通してある」

「話を通した？」

立ち止まって叔母に目を向けると、彼女はこの状況を楽しんでいるかのように私に向かってウィンクする。

……つまり、叔母は専務に買収されたわけ？　私……一応あなたの姪なんですけど。

お金をもらえれば姪も売るの？

私は非難めいた視線を叔母に向けた。

「ほら、行くぞ」

専務が私の手を引いて歩きだす。

彼が身にまとう空気がピリピリしていると感じるのは、気のせいだろうか？

ひょっとして怒ってる？　でも、何に？

助けてくれたことには感謝するけど、怒られる筋合いはないし、このまま連れ去られるのは困る。

「待ってください。こんなドレス着たまま、外に出たくありません。私服とバッグだってロッカーにあるし……」

私は彼の手を思い切り振り払って、また立ち止まる。

「俺は会社に麗奈のバイトのことを報告してないが、奨励した覚えはない。どうして会社は休んだのに、バイトには出てるんだ？」

専務は咎めるような口調でそう言うと、私の顔をじっと見据える。

「それは……」

私は言葉に詰まり、うつむいた。

一難去ってまた一難。

専務に会いたくなくて会社を休んだなんて、本人を目の前にして言えないよ。彼がそばにいると生きた心地がしない。一緒にいると、心がかき乱される。

「上司には答えられないか？　早く着替えてきたら？」

「あのう、助けてくれてありがとうございました。ひとりで帰れますから……」

だから、早く帰って。

私は心の中で懇願するが、専務がここを立ち去る気配はない。

「大丈夫だ。今夜はちゃんと家まで送る」

専務が一見、穏やかな笑みを浮かべるが、どこか信用ならない。

放っておいてくれればいいのに、どうして私にかまうのよ。こんなバイトをしている私が気に入らないから、からかってるわけ？

専務がわからない。

私はムッとしながらロッカールームに駆け込み、自分のロッカーの前にもたれてフゥーッとひと息つく。

また高熱が出そう。

専務と顔を合わせたくなくて、なるべくゆっくり着替え、濃い目の化粧も時間をかけて落とす。

二十分後にロッカールームを出て、裏口からこっそり帰ろうとしたけれど……専務が非常階段の踊り場で待ちかまえていた。

彼は私を見ると、悪魔のように微笑んだ。

「お疲れ様。長かったな」

……完全に私の行動、読まれてる。これじゃあ、逃げられない。

私が忌々しげに専務を睨みつけると、彼は素早く動いて、私の行く手を遮《さえぎ》る。

ここは人気《ひとけ》があまりないし、助けは呼べない。素直に表から出ればよかった。

「逃がさないよ。俺が助けなかったら、どうなってたと思う？」

専務が私の手を強くつかみ、真剣な眼差しで私を見る。その目からは静かな怒りを感じた。

彼は私に答える隙を与えず私の頭をガシッとつかむと、身を屈めて顔を近づけ、そのまま私の唇を奪った。

どこか私を罰するかのような、荒々しいキス。

専務の胸板を何度も叩くけれど、彼はやめてくれない。

こんなキスをするのは、いまだにホステスのバイトをしているのが、気に食わないから？

そんなことを考えていると、彼が急に私を解放し、イラ立った様子で呟いた。

「隙を見せるからだ」

ええー!? 私が悪いわけ? そんなの勝手すぎるよ!

私が怒りを込めた目で専務を見ると、彼はなおも続けた。

「俺のことを警戒しているわりにはまたキスを許すし、無防備すぎるんだよ」

専務の言葉に憤慨する。

いきなりキスしてきたと思ったら、なんでそんなことを言うの? 私だって抵抗したけど、専務はキスをやめなかったじゃない! なんなのよ、その自分勝手な言い草は!

でも、私は気づいていなかった。私の頭の中は、この時専務のことでいっぱいで、おかげでスケベ親父のことをすっかり忘れられていたことに——。

第三章

忘れられない涙［俊SIDE］

「それで、昨夜は紳士的に、彼女の家まで送り届けたってか？」

専務室で俺のデスクの前に立っている須崎が、俺に向かってニヤニヤする。

うざい奴。仕事の話はどうなった？

出社して早々、自分のオフィスでこいつのこんな顔を見ると、ケリを入れたくなる。

そもそも昨日、須崎がわざと接待を引き延ばすようなふざけた真似をしなければ、麗奈があの中年男に触られることはなかったかもしれないのに。

そう思うと、須崎を恨まずにはいられない。俺は須崎をキッと睨みつけた。


こいつのせいで、俺が昨夜店に着いたのは、八時半過ぎだった。

店に足を踏み入れ、彼女が変な男に迫られているのを見た時、怒りが沸々と込み上げてきた。

俺が先に見つけた獲物に、手を出す奴は許せない。そんな激しい感情が俺を支配していた。

憤りつつも、俺は努めて平静を装い、ママに爽やかな笑みを向けながら声をかけた。

『麗奈をお願いしたいんですが』

源氏名ではなく、本名で言ったのはわざとだ。彼女との関係を匂わせた。

『今日も持ち帰ります？　彼女、起きている時は、なかなか手強いわよ』

顔は笑っているが、どこか俺を値踏みするような視線を投げてくる。

『承知してますよ』

微笑みながらも、気持ちは焦っていた。

この会話を早く終わらせて、今すぐにでも麗奈を連れ出したい。あの中年男にこれ以上触れさせるのは、我慢ならない。あれは……俺のだ。

『それで、今日はどうします？』

『では、この店で一番高いシャンパンをママに。それで、麗奈を持ち帰ります』

『悪くないわね。いいわ』

商談成立。ママが妖艶に口元を緩めた。

銀座のママだけあって年齢不詳だな。

『黒服に呼ばせてもいいけど、直接呼んだらいいわ。王子様には特別に許すわよ』

俺の顔を見て、ママがフフッと笑った。

この人……何を企んでいるのか知らないが、面白がっている。麗奈が困っているのを見ながらも、放置してたし。俺があの中年男を殴りたくて仕方がないのを、お見通しだったのかもしれない。

それに、俺がここに来るのをなぜか確信していたように思う。

考えてみれば、いくら高い酒を頼んだからとはいえ、店の従業員をやすやすと引き渡すだろうか？

麗奈とここで会った最初の夜も、ママはやけに俺に協力的だった。

麗奈のほうに歩きだすと、ママは俺の背中に向かって言った。

『あの子に解けない魔法をかけてやって』

その声に宿るどこか優しい響き。

……解けない魔法ね。俺自身の手で幸せにしてやってくれってことか？　それは、永遠の誓い……結婚を意味するのだろうか？

麗奈と会う前は、結婚なんて他人事《ひとごと》だと思っていたし、結婚する気なんて全くなかった。

だが、今は違う。もうこんなハラハラする思いはしたくない。彼女を早く自分のものにして、ずっとそばにおいておきたい。

俺は一度足を止め、ママのほうを振り返ると、彼女の言葉に応えるかのように柔らかな笑みを返した。

俺は王子でもなければ、ナイトでもない。だが、彼女を助け出すのはこの俺だ。

俺は急いで彼女のもとへ行くと、中年男からすぐに彼女を奪った。

人目がなければ、男を一発ぐらい殴っていたかもしれない。

だが、せっかく助けたのに、麗奈は俺をかなり警戒していた。

俺から逃げる女なんて今までいただろうか？　俺が軽く微笑むだけで、周りにいた女はすぐに落ちてきたのに……。

だからこそ、逃げられるとますます追いたくなる。この俺を夢中にさせたんだ。絶対に逃さない。

彼女があんな中年男に身体を触らせたことにも、イライラしていた。

冷静さをすっかり失った俺は、怒りを麗奈にぶつけるかのように、強引に彼女の唇を奪い、冷たく言い放った。

『隙を見せるからだ』

あんな男に簡単に触れさせるな。

そのあとは通りがかったタクシーに麗奈を乗せ、彼女の家に着くまで、互いに終始無言だった。

「おお怖っ。そんな怖い顔で睨みつけるなよ」

須崎の声で俺はハッと我に返る。

「お前が昨日、話を延ばして俺の邪魔をするからだ」

「長谷部が時計を見ながらイライラするんだ。楽しまないわけにはいかないだろ？」

須崎が口角を上げながら面白そうに言う。

「次やったら、アフリカにでも飛ばすぞ」

俺は須崎に冷ややかな視線を向ける。

「お前ならほんとにやりそ。まあ、落ち着けよ」

ハハッと声をあげて笑いながら、須崎が俺の機嫌をとろうとする。

「充分落ち着いてる」

「今日は中山さんが秘書としてやってくる日だろう？　彼女をあんまりいじめるなよ。すぐに逃げられるぞ」

「そんなヘマはしない」

フッと笑ってみせると、ドアをノックする音がした。

麗奈が来たか。さあて、今日はどんな顔で俺を見るだろう。

「はい」

返事をすると、麗奈がカップを乗せたトレイを手に、入ってきた。

顔は仏頂面。俺へのささやかな抵抗だろうか？　だが、これだけあからさまだと吹き出しそうになる。

「おはようございます」

麗奈がぶっきらぼうに言う。彼女がコーヒーを俺のデスクに乱暴に置くと、カップの中のコーヒーが揺れた。

「遅かったな。もう始業時間を五分過ぎているんだが」

少し意地悪したくなって、わざと腕時計に目をやり、涼しい笑顔を浮かべながら嫌味を言ってみる。

「……すみません。総務のほうでいろいろあったもので」

怒りを必死に抑えているのか、麗奈が唇をギュッと噛みしめる。

昨日のキスのことを怒っているのか、それとも俺の一存で異動させたことを怒っているのか……彼女の表情からすると恐らく両方だな。

「次からは優先順位を考えてくれ。できるよな？」

「……はい」

俺に反論したいのを我慢して、麗奈が感情のこもらない声で返事をする。

「それから、今日から早速残業してもらう」

「今日からですか？」

予想外だったのか、麗奈はハッと目を見開いた。

それもそのはず、俺は残業のことは彼女に伝えていなかった。

「何かすでに予定が入っているなら、調整してくれ」

麗奈の顔を見て、ニッコリ微笑む。

すると、彼女は憎々しげに俺の顔を見た。きっと、今日もバイトに行くつもりだったのだろう。

だが、麗奈に睨まれても俺は痛くもかゆくもない。

これで、もう夜のバイトはできないはずだ。昨日の夜のように、彼女が客に触れられるのを見て、イラ立つこともない。

「でも、残業って一体何を？」

「楽しみにしてるといい。仕事内容については、須崎に確認してくれ」

俺が口角を上げると、麗奈は訝《いぶか》しげな視線を向けてきた。

かなり警戒されている。まあ、そう簡単に気を許してくれるとは思っていないが、彼女を手なずけるには時間がかかりそうだ。

だが、これから密に接していって、必ず落としてみせる。

早速、今日から麗奈を接待に同席させるつもりだ。周囲に俺の女と思わせておけば、見合いの話も来ないだろうし、うちの会社の女性社員も俺に近づくことはなくなるだろうから一石二鳥。

変な女に絡まれるのはごめんだ。

「わかりました。これから専務は役員会議ですし、もう失礼してもよろしいですか？」

麗奈が刺のある声で言う。

このまま下がらせるのは、なんとなくもの足りない。ここはひとつ、家族の話題でも口にしてみるか。

「君の弟から連絡があったが、父親のところに行かなくていいのか？　入院していて、今すごく大変なんだろう？」

「余計なお世話です！　私のプライベートにまで、干渉しないでください！」

父親の話はタブーだったのか、麗奈はカッとなって俺に噛みついた。

怒りで俺を睨みつけるが、その瞳はとても綺麗で、そんな彼女をもっとそばで見ていたいという欲求が湧いてくる。

「金が必要なら、俺が用意してもいい」

俺の言葉に麗奈の表情が固くなる。

彼女の顔を眺めながら、俺はさらに言葉を続けた。

「ただし、俺の女になればな」

俺の言葉にますます逆上した麗奈は、顔色を変え、デスクに身を乗り出して俺の頬を平手打ちしようとした。

だが、俺は彼女の手をやすやすとつかんで、それを阻《はば》んだ。

「無駄だ」

麗奈の瞳を捕らえながら冷たく言い放つと、彼女は唇を強く噛みしめ、鋭い眼差しを向けてきた。

「私にだってプライドはあります！　私はあなたのおもちゃにはなりません！　もう私にかまわないで！」

麗奈は俺の手を振り払い、目を手で押さえながら、飛び出すように部屋を出ていく。

「あ～あ、泣ーかせた」

ずっと静観していた須崎が小学生のような口調で言い、大げさに肩をすくめてやれやれといった様子で首を振る。

　確かに、彼女は泣いていた。

　麗奈の目から涙がこぼれ落ちてキラリと光り、彼女は俺から顔を隠すように逃げた。

　そんな彼女の姿に、自分も少なからずショックを受けた。泣かせるつもりはなかったから、苦い思いが胸に広がる。

「お前って案外、愛情表現が下手だな。なんか、見ていて痛々しいぞ。あんな言い方したんじゃあ、お前が金で彼女を買う、って誤解されるだろうが。なんで『金のことは心配しなくても大丈夫』とか言えねえかな。お前、バカだろ？」

　須崎が俺に呆れた口調で、思ったことをズケズケと言う。

「うるさい」

　須崎の言葉に、思わず冷たい声が出る。

　こいつに指摘されなくても、あの言い方はマズかったと自分でも思う。でも、言ってしまったものはもう取り消せない。

「女の扱い方、俺がレクチャーしてやろうか？」

　須崎が面白がるような目でからかってくる。

「調子に乗るな」

「もっと優しくしてやれよ。『北風と太陽』って知ってるだろ？　冷たくしたって嫌われるだけで、決して自分のものにはならねえぞ」

須崎が珍しくプライベートな話題で、もっともらしいことを言う。

「……お前に言われなくても、そんなことわかってる」

そう呟いて俺は黙り込む。

麗奈の顔を見るとどうしてもいじめたくなる。彼女の注意を引きたくて仕方がないのかもしれない。

「お前……好きな子にどう接していいのかわからなくて、いじめてる小学生のガキみたいだぞ。いつもの胡散臭い笑顔で、女を丸め込めばいいのによ」

それができれば苦労はしない。麗奈にはもう、俺の演技は通用しない。

沈んだ表情の俺を見て、須崎がハーッと大げさにため息をつく。

「お前……相当重症だな」

須崎が哀れむような目で俺を見る。

「身内にさえ完璧な人間を演じてるお前が、どうして彼女の前だとそんな無様《ぶざま》になるのかねぇ？」

「さあな」

投げやりに答えたが、理由はわかっていた。

俺が麗奈に夢中だからだ。好きな女をどう扱っていいのかわからない。今までは何もしなくても女のほうが俺に言い寄ってきていたから、俺は適当にあしらっていた。

だが、彼女は違う。どうしたら彼女を手に入れられる？

いや……俺がそんな風に考えること自体、間違っているのかもしれない。

「まあ、お前、今まで女を口説く必要なかったもんなあ。くだらない役員会議なんかサボッて、よく考えたほうがいいんじゃねえか？」

「余計なお世話だ。会議にはお前も出席しろ。重役のありがたい話によく耳を傾けるんだな」

俺は自分の中の戸惑いをごまかすように、須崎に向かって笑みを浮かべる。

「ただのじじいの無駄話じゃねえか」

須崎ががっくりうなだれると、俺は涼しげに笑った。

「そうとも言うな」

俺は椅子から立ち上がり、須崎を連れて会議室に向かった。

会議は須崎が言うように無駄話ばかりで、俺は会議資料に目を通すフリをしながら、ずっと麗奈のことを考える。彼女の見せた綺麗な涙が、忘れられなかった。

やっぱり腹黒

専務室を飛び出すと、私はすぐに秘書室には戻らず、非常階段に逃げ込んだ。

悔しくて仕方がない。これから毎日あんなことを言われ続けるの？　専務は絶対、私のことを娼婦のように思ってる。

それに、会社で父のことを話題にするなんて……。『弟から連絡があった』って専務は言ってたけど、海里といつの間にそんなに親しくなったの？　海里は彼にどこまで父のことを話したのだろう？

お金なんかで私が自分の女になると、彼は本気で思っているのだろうか。

悔しい。いまだに、お金でなんでも言うことを聞く女だと思われてるなんて……。

目からこぼれ落ちる涙を手の甲でさっと拭う。それでも涙が絶え間なく溢れて、私はそのままくずおれた。

次に顔を合わせたら、『俺の女にならなきゃクビだ』って脅されるだろうか？

職を失うのは怖いけど、このまま仕事を続けていける自信もない。

彼の凶器のようなひどい言葉は、私を苦しめて悩ませる。心の中は不安でいっぱいだ。

昨夜、彼にタクシーで送られたあと、いろいろ考えた。

あんなキスされたけど、あのエロ親父から救い出してくれたんだから、ちょっとはいいところがあるのかなって……。

でも専務は単に、自分以外の人間が私を苦しめるのを嫌がっただけなんだ。

あの男にいいところなんてない。あれだけいろいろ考えた時間を返してほしい。

私って……バカよね。

自分の肺が苦しくなるくらい私は泣き続けた。

「中山？」

突然声をかけられてビクッとした。

どのくらいここにいたのだろう。私はどうやら時間も忘れ、彼の足音にも気づかないほど、心がボロボロだったようだ。

声の主は、同期の寺沢君だった。

「こんなとこで、どうした？」

廊下から私の姿が見えたのか、たまたま通りがかった寺沢君が駆け寄って、心配そうに私の顔を覗き込む。

慌てて涙を拭ったけど、泣いていたのがバレたかもしれない。

「ちょっと身体がフラフラしちゃって……」

私は額を押さえながら、苦しい言い訳をする。

「大丈夫か？」

寺沢君が私の肩に軽く手をかける。

「うん、大丈夫。……ありがと」

「総務の仕事の引き継ぎは俺がなんとかするからさ。何かあれば相談に乗るし」

寺沢君が優しく顔をほころばせる。

「うん」

「でも……どうして突然、お前が専務の秘書になったんだろうな？」

「……どうしてだろうね」

私は言葉を濁しながら首を傾げた。

ホステスのバイトがバレて、脅されたとはとても言えない。

「お前……ひょっとして専務とつき合ってるのか？」

寺沢君が真面目な顔で、私の瞳を覗き込む。

「まさか。あの専務だよ？　私とつき合うわけないじゃない！」

私は慌てて否定する。

あんな腹黒王子、頼まれたってごめんだ。

「中山……」

普段は軽く冗談を言って和ませてくれる寺沢君が、いつになく真剣な表情で、私の肩に置いた手に力を込める。

「寺沢君？」

その時、突然非常階段の扉が開いて、杏子が現れた。

「麗奈？　……寺沢君？」

「あっ……あまり無理するなよ。じゃあな」

寺沢君は杏子の顔を見て、逃げるように足早にこの場を去る。

何か言いかけたようだったけど、どうしたんだろう。いきなり立ち去るなんて、寺沢君は杏子のことが苦手なのかな？

彼女は男性社員には厳しくて有名だ。顔が綺麗なだけに、彼女が怒ると迫力がある。

「……ずいぶん怖がられたものね」

杏子は目を細めながら苦笑する。

「専務室に行ってから、なかなか戻ってこないから探したわよ。寺沢君と何かあった？

それとも……兄と何かあった？」

杏子が探るような視線を送ってくる。

……さすが、杏子。鋭いな。

私が黙ったままでいると、彼女は私が持っていたトレイを奪い、優しく言った。

「目、腫《は》れてるわよ。まだ顔色も悪いし、医務室にでも行ってきたら？　しばらくはずっと前田先生だし、仕事なら大丈夫。今日は午後三時まで、専務は社長と同じ予定だし、私がフォローしとくから」

「……ありがと」

私がコクリと頷くと、杏子は優しく口元を緩めた。

「もし兄さんが原因なら、私に言いなさいよ。父に頼んで、また海外に飛んでもらうわ。父さん、娘には甘いの」

「うん。心強い」

私は作り笑いをして頷くと、人目を避けながら医務室に向かった。

医務室のドアをノックすると、先生の返事が聞こえたので、そっと中に入る。

「やあ。中山さんだっけ？　その後、調子はどう？」

私の顔を見て、前田先生が柔らかな笑みを浮かべる。

その笑顔を見て、少しホッとした。

「熱は下がったんですけど……」

泣き顔をほかの人に見られたくなくて、逃げてきたとは言えない。

でも、彼は私の顔を見て察したようだ。

「ちょっと座って待っててくれる？」

そう言って、前田先生は奥の給湯スペースに消えた。

前田先生が来るようになってから、医務室の雰囲気が変わったような気がする。なんとなくだけど……温かい。

しばらくすると、先生がマグカップをふたつ持って現れた。

「最近、和紅茶にハマっててね。これは柚子《ゆず》紅茶なんだけど、よかったらつき合ってよ」

「はい、いただきます」

前田先生からマグカップを受け取り、紅茶を口に運ぶ。

「あっ……柚子の爽やかな香りがしておいしい」

……なんか落ち着く。最近、紅茶を飲むことはあっても、種類を気にしている余裕なんてなかったなあ。

なんかここって……避難所というか、困った時の駆け込み寺みたい。そういえば、小学生の頃、嫌なことがあると、よく保健室に行って保健の先生に話を聞いてもらってたっけ。

前田先生は包容力がありそうだし、悩みを相談しやすい雰囲気がある。

「ここの女性社員が言ってたけど、長谷部の秘書になったって？」

「……はい。でも、先生は信じられないかもしれないけど、あの人、私をいじめて楽しんでるんです」

私は顔をしかめながら専務の文句を言う。

「いじめるか……」

前田先生がそう呟いたかと思うと、次の瞬間ニヤリと笑った。

「面白いね」

「全然、面白くありません」

私はムッとふくれっ面になる。

「まあ、君には迷惑な話か」

前田先生が意味深に微笑む。

「これは、俺の独り言。長谷部は女嫌いなんだ。普段は誰に対しても笑顔だけど、それは処世術でね。あいつは自分の本性を身内にも見せない。俺にも本音は言わないしな」

前田先生が温かい目で専務のことを語る。

「……杏子も、そんな専務を気持ち悪がってます」

「……はは。妹に対しても仮面を被ってるんだからな。あいつの誤解を解くために言うけど、あいつはね、子供の頃に母親に捨てられたらしい」

「捨てられた？」

信じられなかった。

なんの苦労も知らずに育った、ただのお坊っちゃんだと思ってた。容姿に恵まれ、頭もよくて、実家もお金持ちで……。誰もが憧れる存在。

「あいつの母親は、結婚する前はホステスだったみたいでね。長谷部の実家とあまり仲よくなかったのか、よそに男を作って出ていったらしい」

……専務の母親がホステスだったなんて。

だから、余計にあのバイトを毛嫌いして、私のことを悪く言うのだろうか？

少しだけど……彼の気持ちがわかるような気がした。自分が傷つけられるのは納得いかないけど……。

「だから、あいつは誰も信用できなくなって、身内でさえも自分に近づけなかった。爽やかに笑って拒絶してたんだよ。でも、君だけがなぜか例外みたいでね」

「私が例外?」

〝特別〟みたいな言い方だけど……単にいじめられてるだけじゃない。あんな風につらく当たられて、嬉しい人間がどこにいるっていうのよ。それならほかの人と同じ扱いでいい。

誰にでもするあの作り笑いを見せてくれれば、私は傷つかないし、専務のことも気にしない。

「あいつが本当に笑うところ、見たくない? あいつは高校の時、バスケ部だったんだが、インターハイで優勝した時も、クールに笑ってるだけだった」

前田先生は白衣のポケットからスマホを取り出し、私にある画像を見せた。

どこかの男子バスケ部員の集合写真。

よく見ると中央には賞状を持っている専務と、トロフィーを持っている前田先生の姿がある。確かに前田先生は満面の笑みを浮かべているのに、専務の笑顔は目が笑っていない。

高校の時も今と一緒だ。飛び抜けてカッコいいけど、どこか冷めたような視線。『勝って当然』とでも言っているかのようだ。

でも、私には彼の個人的な事情なんて関係ない。知りたくもない。

「……興味ありません」

私はスマホの写真から顔を背け、じっとマグカップを見つめる。

「そう？」

前田先生はスマホを白衣のポケットにしまうと、私の顔を見ながら小首を傾げてみせる。

「職場の上司というだけですし、彼が何か宴会芸でもやるなら見てもいいですけど」

専務が腹芸でもしたら、大声で笑ってやるんだから。

絶対にあり得ないけど、想像で気を紛らわせる。

「ははっ。それはいいね。俺もぜひ見てみたい」

前田先生が私の顔を見ながら、声をあげて笑う。

「……でも、あの顔でクールにトランプの手品でもやられたら、ムカつくかも」

専務はなんでもそつなくこなしそうだし……。

「それは一発殴りたくなるな」

前田先生が私に同意してニヤッと笑い、ベッドのある衝立の向こう側に目をチラリとやる。

「それは、ごめんこうむるね」

不意に聞こえた意外な人物の声。

「え？」

ええー!?　嘘でしょう？

顔面蒼白になり、思わず持っていたマグカップを落としそうになった。

だって、専務は十一時半まで役員会議のはずじゃあ……？　私、専務に聞かれちゃマズイこと、かなり言っちゃったよ。なんでここにいるの？

「亮、お前……いろいろしゃべりすぎだ」

専務が衝立の奥から出てきて、前田先生をギロッと睨む。

でも、前田先生は動じずに口角を上げた。

「ただの独り言だ」

「独り言にしては声が大きすぎないか？」

専務の声は冷ややかだ。

……どうしよう。聞かれちゃった。こんな時こそ、手品でパッと姿を消せたらいいのに。

専務の視線を感じるけど、怖くて彼の顔をまともに見られない。

前田先生も意地悪だ。専務がいるなら、『いる』って内緒で教えてくれればよかったのに。

私がどうしようか思案していると、前田先生がとんでもないことを口にした。

「俺、ちょっとコーヒー買ってくるな。留守を頼む」

私に向かってウィンクすると、前田先生は持っていたマグカップを机の上に置き、医務室のドアを開けて出ていく。

ま、待って。前田先生……私を置いていかないで！　和紅茶だって、まだ残ってるじゃないですか！　お願いだから、私を専務とふたりきりにしないでよ。

前田先生の姿を隠してしまったドアを、何かにすがるようにじっと見つつも、まだ専務の視線を感じる。

……目を合わせなきゃいけない？　でも、あんなひどいことを言われたんだよ。今すぐなんて無理‼

私は現実逃避したくて、ギュッと目を閉じる。

これは……夢よ。そうよ、私は悪夢を見ているのよ。

「あんなひどいことを言って、悪かった」

専務の口から出た意外な言葉に驚いて、パッと目を開けると、彼は私に向かって頭を下げていた。

今、なんて言った？　『悪かった』って……空耳じゃないよね？　確かにそう聞こえた。それに……なんか聞き覚えがあるような……ないような。デジャブ？

絶対に彼が言うはずのない言葉なのに……今初めて聞いたわけではないような気がするのはなぜだろう。

私が黙り込んでいると、専務はさらに続けた。

「やり直さないか？」

「やり直す？」

私は警戒しながら、専務の次の言葉を待つ。

「俺は杏子の兄で、麗奈は杏子の親友。夜のバイトはなかったことにして、あの食堂で会ったあとからやり直す」

何をまた勝手なことを言ってるの？　自分の気分でコロコロ変えないでほしい。『悪かった』のひと言だけで、今までのことを全部水に流そうとするなんて、都合がよすぎる。

専務のことが許せない私は、声を荒らげた。

「……それで何が変わるんですか？　やり直すなら、ただの上司と部下でいいじゃないですか！」

私の言葉に専務がもっと反論してくるかと思ったけど、意外にも彼はあっさり引き下がる。

「わかった。麗奈の認識はそれでいい」

「それなら、もうキスとかするのはやめてください」

「麗奈がしてほしいって言うまではしないよ。約束する。でも君はきっと、すぐに俺にキスをせがむと思うけどな」

今、私に謝ったばかりの専務が、企み顔で微笑む。

誰がそんなこと願うもんですか！　この人、全然反省してないじゃない！

「一生言いませんから。それより、まだ役員会議のはずでしょう？」

どうして医務室にいるのよ。

私は専務を睨みつけ、キツい口調で言った。

「今日は議題が少なくて、すぐに終わったんだ。麗奈は泣いてたから、素直に秘書室には戻らないと思ってた」

……この勘のよさ。医務室じゃなくトイレにでもこもってればよかった。

「君の涙が気になって、ここに来たんだ」

専務が私に近づき、右手で私の頬にそっと触れる。

心臓がドキンとした。彼の瞳から目を逸らせない。彼の表情がいつになく真剣で、本心を告げているような気がする。

ううん、引っかかっちゃいけない。この綺麗な容姿にコロッと騙されて、彼に振り回されるのはもう嫌だ。彼に近づいてはいけないし、信じてもいけない。

お願いだから、もう私の心をかき乱さないで。

「まだ目、腫れてるな。それじゃあ、まだ人前に出られない。行くぞ」

専務が気遣うようにそう言って、私の手をつかんで椅子から立ち上がらせる。

「行くってどこに?」

私は驚いて専務の顔を見上げた。

「専務室に決まってるだろ。俺のとこで仕事をしてれば、そのうち腫れも引くだろう」

手をつかんだまま専務が歩きだそうとしたが、私は立ち止まって抵抗した。

「誰のせいで目が腫れたと思ってるんですか! もう大丈夫です。私がいたら専務のお仕事の邪魔になるので、ひとりで部屋に戻ってください」

私は専務の手を振り払って、彼と距離をとる。

「麗奈が歩かないならお姫様抱っこしていくけど、自分で歩くのとどっちがいい？」

専務がお決まりの悪魔のような微笑を浮かべる。

もう、ちょっとは人の言うこと聞いてよ！

私が専務を睨みつけると、彼は突然私を抱き上げた。

「時間切れだ」

専務はいたずらっぽく笑って、私の顔を見る。

「え？　ちょ、ちょっと！　何するんですか！　こんなの恥ずかしいです！　下ろしてください！」

会社で、またこんな目立つことしないでほしい。

私が専務の腕の中で暴れると、彼は恐ろしいことを言った。

「抵抗すると、うちまで連れて帰るけど、それでいいのか？」

……この強引さ。何も変わってないよね。

「全然、態度変わってないじゃないですか！　もうちょっと控えめにできないんですか？」

私が食ってかかると、あっさりかわされた。

「『控えめ』？　そんな言葉、俺の辞書にはない」

専務は悪びれもせず、黒い笑みを浮かべる。

「もう！　少しは反省してください！」

私は専務の胸板を、ドンと叩いて叫ぶ。

でも、彼が痛がる様子はなく、むしろ面白がってクスクス笑われた。

この余裕……許せない。みんな信じないだろうけど、ここで声を大にして言いたい。

彼は〝腹黒王子〟だって。

いつかギャフンと言わせてやるんだから。見てなさい、長谷部 俊！

「そんな風に笑ってられるのも、今のうちですよ！」

敵対心むき出しで専務の顔を見ると、彼は急に真摯な目をして私に告げた。

「反省してるから、こうして迎えに来たんだ。麗奈が元気になってよかった」

私を心配する専務の優しい声に、驚いて言葉を失った。

やっぱり彼といると、調子を崩される。こんな言葉をかけられたら、反抗心も削《そ》がれてしまう。意地悪なところは変わってないけど、専務はもう、侮蔑するような目を私に向けなくなった。

あなたがそばにいると……私はおかしくなる。怒ったり、泣いたり、憎んだり、ドキッとしたり……心が休まらない。あなたは私をどうするつもりなんですか？

駄々《だだ》っ子な彼

翌週、私はフーッと息を吐くと、専務室のドアをノックして中に入り、専務のいるデスクの前に立った。

「今日のスケジュールですが、九時から社長との打ち合わせ、十一時に国立の開発研究所視察、午後四時に経済紙の取材、五時に……」

スケジュール帳を読み上げていると、パソコンの画面を見ていた専務が顔をしかめた。

「ちょっと待て、念仏じゃないんだ。無駄が多いぞ。予定はスマホかパソコン見ればわかるんだから、変更があるかどうかだけ教えてくれればいい。わからないことがあれば、俺から確認する」

専務に『君はバカか』と言われてる気がする。

でも、須崎さんは何も教えてくれなかった。

私が専務の秘書になってから、彼が私に教えてくれたことといえば、専務の個人情報だけ。

『須崎さん、これだけじゃあ、何していいかわかりませんよ』

私が困惑していると、彼は私を嘲笑うかのように言った。

『玉の輿《こし》に乗りたければ、一生懸命奉公するんだな』

『そんなの私のほうから願い下げです。あんな腹黒王子の嫁になんか、なりたくありません！』

私は須崎さんの言葉にムッとして声をあげた。

『それは面白いな。じゃあ、適当でいいじゃねえか』

須崎さんは私を見下すような視線を向けてきたけど、何を適当にしたらいいのかもわからない。須崎さんてつかめない人……。


「麗奈、聞いてるか？」

突然名前を呼ばれ、私はハッと我に返る。

いけない。申し送り中だった。

「はい、聞いてます」

「それから朝のメール見ればわかると思うが、今日の午後七時からロンドン支社の社長とテレビ会議することになった。食事も三人ぶん何か頼む」

うっ、まだメール見てないの知ってて言ってるよね？

今日は秘書室のお茶を補充する当番で、メールを全部見る余裕なんてなかった。

役職のある人はノートパソコンもあるし、スマホでどこでもメールを見られるけど、私のような平社員は、会社でしか仕事関係のメールもファイルも見ることができない。

だいたい、専務は何時に出社してるのよ。

私が会社に出勤したのが八時半。その時には、もう専務は出社していた。始業時間は九時なのに……。

上司よりも秘書が遅く出勤って、普通あり得ないでしょう？　専務室の掃除もできないし、私が怠け者の秘書みたいじゃない。私に『もっと早く出勤しろ』って、暗に言ってるの？　この腹黒王子は！

スケジュール帳にメモしながら、私は心の中でぼやく。

それにしても食事三人ぶんって……専務と須崎さんと……あと誰？

「専務と須崎さんのほかに誰が会議に？」

「君だ」

専務がさも当然のように言う。

私は絶句した。

なんで私が⁉　英語は苦手じゃないけど、会議に同席しろなんて無茶よ。

「私が参加したって、何もわかりませんよ」

「君のＴＯＥＩＣのスコアは七百八十点で悪くないけど、実務レベルとしては微妙なんだ。俺の来客は外国人も多いし、電話だって毎日のように海外からかかってくる。早く慣れてもらわないと」

……今ここでスコア言わなくたっていいじゃない。どうせ専務は満点なんでしょう？

「微妙なスコアで悪かったですね」

そもそも英語が得意なら、総務じゃなくて海外事業部とかを希望したわよ。

「だったら、もっと英語が堪能《たんのう》な人を秘書にすればよかったのに……」

このスコアでも、総務ではまだ高いほうですよーだ。

私が小声で呟くと、専務が片眉を上げた。

「ん？　何か言ったか？」

「いいえ」

私は咄嗟に作り笑いをする。面と向かって彼に言えば、もっと意地悪されるに決まっている。

「あと、そこの段ボールの資料、ファイリングして棚に並べておいてくれ。今週中に片づけてくれればいいから」

専務が部屋の片隅に置いてある段ボールを指差す。

今週ってあと数日しかないんですけど……。仕事もまだ全然覚えてないのに。

この悪魔！　この資料も……英語よね？　あ〜あ、英語アレルギーになりそう。帰りに本屋で英語の参考書でも買って、勉強したほうがいいのかな。

「それから、来週は来客があるからホテルの手配を頼むよ。あとでメールを転送しとく」

そう言いながら、専務が口に手を当てコホッ、コホッと軽く咳をする。

「風邪ですか？」

気になって声をかけると、彼は小さく笑って否定した。

「いや、ちょっと空気が乾燥してるだけだ。じゃあ、頼むよ」

そうよね。こんな悪魔、風邪のほうが逃げるかも。

専務が椅子から立ち上がり、部屋を出ようとする。

彼の後ろ姿をじっと睨みつけていると、急に彼が振り向いた。

あっ……睨んでたのバレた？

「言い忘れたが……」

え？　まだあるの？

「来月アメリカに須崎と出張する」

アメリカ出張？　本当に？　やったあ。その間はこの腹黒王子から解放される！

専務の言葉に嬉しくて顔がほころびそうになったけど、平常心、平常心と心の中で唱えて身を引きしめる。

「頬、緩んでる。嬉しそうだな」

専務に指摘されて、私は慌てて頬を押さえる。

「嘘だよ」

専務は私の目を見ていたずらっぽく笑うと、ドアの向こうに消えた。

「……からかわれた」

私は彼のおもちゃか。

思わず自分でツッコみたくなる。私に対して意地悪なところは、相変わらずだ。

先週の木曜日は結局、専務と一緒に医務室を出て、専務室にこもってお昼まで仕事をしたあと、彼に強引に食事に連れていかれた。

私が病み上がりということで、個室でうどんすきを食べたけど、会社に戻ると今みたいな調子だし。

何が『やり直そう』よ。全然懲《こ》りてないじゃない。残業のない日は会食にも私を同席させるし、横暴もいいとこだ。

バイトに行かせないようにしてるんだろうけど……残業代出るのかな？　今日もバイト……行けそうにないな。あとで叔母さんにメールしとこ。

秘書室に戻ると、杏子が笑顔で迎えてくれた。専務と私の様子を聞きたくて仕方がないのだろう。

「どう？　うまくいきそう？」

「……総務課のほうがマシな気がする。朝からからかわれた」

私はため息交じりの声で言う。

「麗奈さん、贅沢すぎです。ほかの女性社員に殺されますよ。あの素敵な専務のそばにいられるなんて幸せじゃないですか。私の担当の常務なんて、おじいちゃんなんですからね。加齢臭がすごくて、毎朝、部屋に消臭スプレーかけてるんですから」

可愛い顔して私にそう力説するのは、右隣の席にいる入社三年目の井川《いがわ》美月《みつき》ちゃん。六十三歳のおじいちゃんの常務とふたり並ぶと、彼女は本当の孫のようだ。

秘書課には私を含め、現在五人いる。秘書課のドアを開けると右手に打ち合わせスペースがあり、左手に私と杏子と美月ちゃんと須崎さんのデスクがあって、その奥に課長のデスクがある。でも、課長も須崎さんも定時内は部屋に出入りはするものの、会議や来客で席を外していることが多い。

「……常務は優しくて好きだけど、加齢臭はちょっと嫌だね」

私は美月ちゃんの言葉に苦笑する。

「専務はカッコいいし、いい匂いしそうじゃないですか?」

美月ちゃんが嬉々とした様子で言う。

専務の匂い……。

そういえばキスされた時、爽やかなシトラス系の匂いがほのかにしたような。

ああ〜、ダメダメ‼　なんで専務とのキスなんか思い出すのよ。

私はブンブンと頭を振る。一気に顔の熱が上がった。

「麗奈さん?　どうかしましたか?　顔赤いですよ」

美月ちゃんが私の顔を覗き込む。

「ううん、なんでもないよ。気にしないで」

そう、なんでもない。専務のことなんか好きじゃないんだから。あんな自分勝手な人……。

私は自分に言い聞かせる。

「そうですか？　麗奈さんが羨ましいな。専務のあの綺麗な顔を毎日近くで見られるなんて。今朝廊下で会った時も、あの王子スマイルで『おはよう』って挨拶してくれたんですよ。もう素敵すぎます〜」

「ははっ……」

夢見る少女のように、興奮ぎみに専務のことを語る美月ちゃんに、私は乾いた笑いを浮かべる。

そりゃあ観賞用としてなら、あの非の打ちどころのない完璧な顔は最高だけど……性格がね。本当は美月ちゃんが憧れるような人じゃないんだよ。腹の中は真っ黒なんだから。

「担当変わろうか？」

私はいたずらっぽく微笑む。

これは私の本心だ。毎日のようにからかわれたのでは、私の身がもたない。もっと落ち着いて仕事をしたい。

「え？　いいんですか⁉　あっ、でも至近距離で見つめられたら……私、失神して仕事にならないかも。やっぱりいいです」

美月ちゃんが楽しそうにクスクス笑う。

私も二週間前なら、彼女みたいな無邪気なコメントができたかもしれない。

過去の自分を懐かしむように、私は美月ちゃんの顔を眺めた。

「それで、麗奈さんと専務は恋人同士なんですか？」

美月ちゃんは、興味津々……といった顔で私に顔を近づけ、声を潜めて聞いてくる。

「違うよ」

内心ギョッとしながら、笑顔で即座に否定するけど、信じてくれない。

彼女はニコニコしながら続ける。

「否定しなくてもいいですよ。社内で専務にお姫様抱っこされたのに。先週だって専務と一緒に、ラブラブランチしてたじゃないですか。玉の輿だし、いいなあ。今度、専務の友人紹介してくれませんか？」

先週のランチの件も、社内に広まってるの？　当分、平穏な日常なんてやってこないだろうな。専務が無駄に外面がよくてカッコいいだけに、やっかみや嫌がらせが怖い。

専務の秘書になってすぐに、彼を狙う若い女性社員から恨まれるようになった。

重要書類が私のところに届かなかったり、嘘の打ち合わせの設定をさせられたり、私の目の前でわざと私の噂話をしたり……。せめて、仕事に支障が出るような嫌がらせだけでもやめてほしい。

「だから、専務とはそんな関係じゃないって。でも専務の友人なら、今、医務室にいるよ」

動揺を隠しながら、私は無理やり笑顔を浮かべて話を逸らす。

優しくてカッコいい前田先生がね。だから、お願い。もう専務のことには触れないで。

「医務室って、産業医の先生ですか？」

美月ちゃんが私の言葉に食いつく。

「臨時だけどね。でも、やめときなさい。女ったらしだから」

杏子が私たちの会話に入ってきて、忠告する。

「でも、イケメンですか？」

美月ちゃんの目が期待でキラキラ輝く。

彼女はどうやらイケメンが好きらしい。

「うん、それにすごく優しいよ」

私が顔をほころばせると、美月ちゃんはフフッと笑った。

「じゃあ、頭痛だって言って、薬もらいに行こうかな。目の保養になるじゃないですか」

「仕事忘れないでよ。ほら、無駄話はもうおしまい」

杏子がパンパンと手を叩いて話を終わらせたので、それぞれがパソコンに向き直り、自分の業務に取りかかった。


——午後七時前。

会議室の準備を済ませると、専務と須崎さんが入ってきた。

心なしか、専務の顔色が悪いような……。

気がかりだったものの、時間になったので会議をスタートさせた。

専務は流暢《りゅうちょう》な英語でイギリス側のメンバーと打ち合わせを進めていくけれど、途中で何度も苦しそうに咳をする。朝と比べて咳の回数が明らかに増えた。

やっぱり風邪？　ひょっとして私のがうつったんだろうか？

なぜか専務が気になって、あまり会議に集中できなかった。彼のことが嫌いなはずなのに……。

八時に会議が終わると、専務が気だるそうに立ち上がる。

顔が少し赤い。ひょっとして熱があるのかな？

「風邪じゃないですか？　もう家に帰ったほうがいいですよ」

私は心配になって、専務に声をかけた。

「いや、まだ今日の会議の資料をまとめないと……」

専務が額を押さえながら、つらそうに答える。

「議事録は俺がとってるし、社長への資料は俺がまとめとくから、長谷部は帰れよ。

中山さん、こいつ頼むわ。後片づけは俺やっとくし」

須崎さんがニヤニヤしながら、私の肩をポンと叩く。

「え？　私？」

そんなバトン、急に渡されても困るよ。

須崎さんの言葉に困惑する。

「わかった。須崎、あとは頼む」

よほどつらいのか、専務が須崎さんの顔も見ずに会議室を出ていく。

私がどうしていいかわからずおろおろしていると、須崎さんは声を出して笑った。

「こっちは大丈夫だ。あいつを送ってやってくれ。かなり弱ってるし、おもしれーものが見れるかもしれないぞ」

面白いものって……。ただ、風邪で弱ってるだけじゃない？　それのどこが面白いの？

仕方なく会議室を出て専務室に行くと、専務が目をつぶり、ソファに横になっていた。

「専務、ここで寝ないでください！」

専務の身体を揺するが、彼が起きる様子はない。

「もう専務、寝るなら家で寝てください」

「嫌だね。〝俊〟って呼ぶまで帰らない」

突然腕をつかまれ、専務がパッと目を開いて私の瞳を見つめる。

心臓がドキンとした。

寝たフリしないでよ。びっくりするじゃない。

「……な、何を駄々っ子みたいなこと言ってるんですか！」

「ここで寝てもいいのか？」

こんな時でさえ、専務はからかうような目で私を見てくる。

「病人でしょう！　早く家に帰りましょうよ。薬飲んでちゃんとベッドで寝ないと、熱出しますよ」

「麗奈の風邪がうつったみたいだ。どう責任とってくれる？」

「責任……。私にキスなんかするからです。自業自得ですよ！」

また勝手なことを言って。私に近づくからいけないんだ。放っておいてくれれば風邪なんてうつらなかっただろうに……。

「看病してくれないと、明日会社休む」

何を子供みたいなこと言ってるの？　もう、少しは人の話聞いてよ！　どうしていつも自分のペースで進めていくのよ。

「専務〜！」

「俊だ」

この駄々っ子。素直に呼ばなかったら、また何か意地悪されそう。

私はため息をつきながら、専務の名前を仕方なく呼んだ。

「俊、帰りますよ」

すると専務は私の手を引っ張って、そのまま身体を引き寄せる。

「ちょ、ちょっと、病人のくせに何するんですか！」

私は必死に抗議するが、専務は止まらない。

「キス」

そう呟いて専務が私の頬に手をやり、熱っぽい眼差しを私に向ける。

彼の顔が迫ってくる。

逃げられない！

ギュッと目を閉じるが、いつものような彼の唇の感触がない。

あれ？

不思議に思って恐る恐る目を開けると、専務は肩で息をしながらぐったりしていた。

ホッとしたような、ちょっとガッカリしたような……。ガッカリ？　ううん、そんなわけない！

それにしても、専務はキスする元気もないの？　やっぱり熱があるのかな？　顔が赤い。

手を伸ばしてそっと彼の額に手をやると、すごく熱い。この高熱……やっぱり私の風邪がうつったのかも。

朝も咳してたし、ひょっとしてあの時から熱っぽかったのかな？　それなのに私をからかってる場合じゃないでしょう！

「ちょっと俊！　ここで寝ちゃダメですよ！」

専務の身体を揺すりながら声をかけるけど、彼はつらそうに「う～ん」と身じろぎするだけ。

つらくて、もう動けないのだろうか？

『自業自得』って彼には言ったけど、私が風邪をうつしたことに変わりはない。ひとりで家に帰る元気があれば放っておこうかと思ったけど、この状態だと放置して帰るわけにはいかない。それに、私もこの間彼に看病されたし……。ああ、どうやって連れて帰ろう？

……それにしても、男性なのにこの色気はなんなのだろう。

私は改めて専務の顔をじっくり見る。輪郭がなめらかで、長い睫毛にまっすぐ通った鼻筋、それに形の整った薄い唇。熱で苦しそうにしていても、イケメンはイケメンだ。

額に置いておいた手を移動させて、ちょっとドキドキしながら彼の頬にそっと触れる。

「お願いですから、起きてください。家に帰りましょう」

優しく専務に声をかけると、突然、専務室のドアが開いて須崎さんが顔を出した。

「あっ、情事の最中だったか？　中山さんて意外と肉食系だな」

須崎さんが私を見て、呑気にゲラゲラ笑う。

確かに、はたから見れば私が馬乗りになって、専務を襲っている図に見える。専務に見とれていたバチが当たったのかもしれない。

「違います！　誤解しないでください！」

私は首をブンブンと横に振り、専務の身体から離れてソファから下りる。

「悪い、悪い。邪魔者は消えるわ」

「あっ待って、須崎さん！」

部屋を出ていこうとする須崎さんのジャケットを慌ててつかんで、必死に彼を引き止める。

彼は「あっ？」と面倒くさそうな顔をしながら、私のほうを振り返った。

「須崎さん、行かないで！　助けてください！」

私はジャケットをギュッとつかんだまま、すがるような思いで彼に懇願する。

お願いだから放置しないで！

私の長い夜は、まだまだ続きそうだ。

悪い虫［俊SIDE］

喉が苦しい。

ゲホッゲホッと激しく咳き込んで、俺は眠りから覚めた。喉の痛みを感じて、何か飲もうと起き上がると、目の前の光景に驚いた。

麗奈がかたわらでベッドに突っ伏している。

びっくりして辺りを見渡せば、そこは見慣れた俺の寝室だった。

彼女はまだスーツ姿のままだ。

「れ……麗奈？　……な……んで？」

声を出そうとするが、なかなか思うように出てこない。

……喉がイガイガする。やっぱり本格的に風邪をひいたらしい。

自分で歩けなくなるくらいひどい風邪なんて、今までひいたことがなかったのに。

まさか麗奈にキスして本当にうつるとは思わなかった。

でも、なんでこの状況に？

昨日の夜、須崎に家まで運ばれて……麗奈にゼリーと薬を飲まされて……。それから、意識が朦朧《もうろう》とする中、なんとかパジャマに着替えてそのままベッドに横になったのは覚えてる。

今何時だ？

チラリと時計に目をやれば、朝の五時。

麗奈は須崎と一緒に帰ったと思っていたが……。どうしてまだここにいる？

俺はあんな状態だったし、帰ろうと思えばいつでも帰れたはずだ。彼女だって、まだ風邪が完治したわけではないのに。ベッドにも入らずこんな寝方をしたら、また風邪がぶり返すかもしれないだろ。

起きたら説教でもしようかと考えていると、視界に映る麗奈の髪が気になった。

絹の糸のようにさらさらで綺麗な髪。

手を伸ばしてその髪に触れようとすると、彼女が身じろぎして眠そうに目を開けた。

「う～ん……」

麗奈は目をこすりながら身を起こし、数秒間ボーッとする。

観察していると、ちょっと面白い。

多分、自分が今いる場所を認識していないのだろう。

俺と目が合うとハッとした表情になり、いきなり俺の額に手を伸ばして触れてきた。

「あっ、よかった。熱が下がってる」

麗奈がホッとした顔になる。

彼女の意外な反応にびっくりした。俺は嫌われているかと思っていたが……。

「念のため、あとでちゃんと計りましょう。体温計ってどこにあるんですか？」

「リ、リビングの……ケホッ……茶色い、棚の……救急箱の中……ケホッ」

声を出そうとすると咳き込むし、喉がガラガラでうまく話せない。

俺は顔をしかめながら、口を押さえる。

「喉つらそうですね」

麗奈はサイドテーブルに置いてあるスポーツ飲料をつかむと、蓋《ふた》を開けてコップに注ぎ、俺に差し出した。

「どうぞ」

素直に受け取り、口に運ぶ。

ゴクゴクと飲み干すが、喉のイガイガはなくならない。

「お腹空いてます？　お粥とか食べられますか？」

麗奈が、俺にいつになく穏やかな眼差しを向ける。

いつも敵対心むき出しなのに……こう優しくされると調子が狂う。

「な……なんで帰ら……なかった？　麗奈だってまだ風邪完治してないよな。また、熱が出たらどうする？」

麗奈の質問には答えず、気になったことを彼女に問う。

「放置してそのまま帰ろうとも思いましたけど、私も一応看病してもらったし……借りを返したかったんです。それに、何か弱味を握れればって思って。やられっぱなしなのは癪《しゃく》ですから」

麗奈が俺を見て、いたずらっぽく笑う。

彼女がこんな風に笑うことにまず驚いた。

いつも怒らせてばっかりで……こんな笑顔見たことなかったな。

「律儀な性格」

俺は独り言のように小さく呟いたが、麗奈には聞こえていたようだ。

「よく言われます。それで……何か食べられそうですか？」

「ああ」

「じゃあ、作ってくるので待っててください」

麗奈がニッコリ笑って、部屋を出ていく。

あんなに俺の顔を見るのも嫌がってたのに、どういう風の吹き回しだ？　弱い者を見ると、放っておけない性《たち》なんだろうか？

それなら、しばらくつらいフリをしてみるか。

俺じゃなくてほかの男でも、弱っていたら同じことをするだろうか？

そう思うと胸の中がモヤモヤする。俺だけが特別でありたい。

そんなことを考えていると、いい匂いがしてきて麗奈が部屋に戻ってきた。彼女はサイドテーブルの上にトレイを乗せると、体温計を手に取って俺に差し出す。

「はい、自分で計ってくださいね」

麗奈に言われるがまま体温計を受け取り、しばらく脇に挟む。ピピピと音がして表示を見てみると、熱はなかった。

麗奈も確認すると、安心した様子で俺の手から体温計を受け取り、トレイに置く。

「じゃあ、お粥食べましょうか。まずくても我慢して食べてくださいね」

お粥の入った小さな鍋の蓋を麗奈が開けると、おいしい匂いとともに湯気が漂った。トレイに目をやると、ほかにも大根おろしの入った小鉢があった。

大根おろし？

じっと凝視していると、麗奈がクスクス笑う。

「その大根おろし、ハチミツ入りです。少し喉が楽になるかなと思って」

「……材料買ってきたのか？」

「はい。須崎さんに帰りにスーパーに寄ってもらって。ネギ一本と大根一本買ったら、『長谷部のイメージに合わない』ってすごく笑われましたけど。専務ってパプリカとかトマトとか、洋風の野菜が似合いそうですもんね」

「ネギはお粥に入れるために？」

「手ぬぐいにくるんで首に巻くと、呼吸が楽になるんですよ」

麗奈のブラウンの瞳が楽しげに笑う。

俺は彼女の言葉にギョッとした。

「それを俺に巻けと……？」

本気か？

今の時代、気管支を広げるテープとかもあるのに？

なんでわざわざネギ？　俺への逆襲か？

「眉間にシワ寄ってますよ。信じてないですね。効くんですよ」

麗奈が俺の眉間に、指を当てる。

「……ネギ臭くなると思うが」

俺が顔をしかめると、麗奈はクスッと意地悪く微笑んだ。

「女よけにもなるし、お勧めですよ」

いつもの俺たちとは形勢逆転。麗奈はこの状況を楽しんでいるのだろう。

「ネギに頼るつもりはない。本当にやるつもりか？」

自分がネギを巻く姿なんて想像できない。

眉根を寄せながら麗奈に確認すると、彼女はまた、いたずらっぽく笑った。

「冗談ですよ。お粥に入れるのに買ってきたんです。でも、私が小さい頃は本当に首に巻いたんですよ」

麗奈の言葉に思わず目を丸くする。

「……麗奈って……いつの時代の人？」

「平成生まれです」

麗奈が真顔で答える。

「昭和の匂いを感じるよ。年齢詐称してないか？」

俺がいたずらっぽく疑いの眼差しを向けると、麗奈はプウッとふくれた。

「してません！　いいから早く食べてください」

麗奈の怒った顔が可愛くてクスクス笑った途端、ゲホッゲホッと咳き込んだ。

ああ、風邪って厄介だな。

「からかうからですよ。口に合わなくても食べてくださいね」

「……だったら食べさせてくれないか。熱いの苦手なんだ」

わざとワガママを言うと、麗奈はフーッとため息をつきながらもベッドの脇にしゃがみ込み、俺を上目遣いに軽く睨みつけると、レンゲを手に取った。

「この駄々っ子」

そう口にしながらも、麗奈はお粥をレンゲですくい、何度か息を吹きかけて俺の口の前に運ぶ。

てっきり断られると思ったのに……。

麗奈の意外な行動に驚きながら、目の前のレンゲを数秒凝視し、パクッと口にする。

……塩加減もちょうどよくて食べやすい。

「どうです?」

麗奈が不安そうに、俺の瞳を覗き込んで聞いてくる。

「おいしい。もっと」

素っ気なく言いながらも催促すると、麗奈は破顔して、またレンゲを俺の口まで運ぶ。

こういうの、いいかもしれない。

身体は楽じゃないが、このやり取りが俺には新鮮で楽しかった。こんな風に誰かに食べさせてもらった記憶はない。母親は俺が赤ん坊の時にいなくなったし、義理の母はいい人だけど、甘えたことなどない。

家族がいなくても平気だと思っていたが……。

「ほら、この大根おろしも、食べると喉がスッキリするんですよ」

麗奈が俺の口にスプーンを運び、俺は言われるがまま口にする。

確かに、喉ごしがいい。のど飴《あめ》を舐《な》めるよりいいかもしれない。まあ、大根おろしは持ち歩けないが。

すべて完食すると、手際よく薬を出された。

「市販薬ですけど。今日ちゃんと病院に行って、薬をもらってきてくださいね。抗生物質が入ってない市販薬より、病院の薬のほうが効きますから」

「そんな時間はない。十時には来客の予定があるんだ」

薬だけもらえればいいが、病院に行ったら半日終わる。時間の無駄だ。

「そんな身体で出社するつもりですか？」

俺の言葉に麗奈が目を丸くする。

多分、今日は休むと思ったのだろう。

だが、熱は下がったし、この程度で休んではいられない。

「仕事を投げ出すわけにいかないだろ？」

「須崎さんがいるんですから、任せたらいいじゃないですか」

「今日はジュピターの社長が来るんだ。ジュピターはうちの大事な取引先だし、社長とは家族ぐるみで親交があるから、絶対に外せない」

共同開発の件もあるし、いろいろと話を詰めておきたい。

「まだ完治してないんですから、無理をすれば悪化しますよ」

「気力で治す」

俺がフッと笑うと、麗奈は呆れた顔をした。

「気力って……。あなたはバカですか‼」

「『バカ』って面と向かって、女に言われたのは初めてだ」

「面白がらないでください。せめて今日はフレックスにして、前田先生に診てもらってくださいよ。いいですね、約束ですよ」

麗奈が俺の目を見て念を押す。

普通ならうざく思える言葉だが、彼女に言われるとなぜか嬉しい。

「心配してくれるのか？」

俺は面白そうに、麗奈の顔をじっと見つめる。

「秘書だからです」

麗奈はムキになってそう主張すると、俺からプイと目を逸らす。

「そういう可愛いことされると、悪さしたくなるんだよな」

俺はそう呟き、麗奈の顎をつかんでチュッと羽のようなキスをする。

彼女は意表を突かれたのか、固まっていた。

「だから、隙がありすぎだ」

麗奈の顎から手を離し、俺はいたずらっぽく微笑む。

「だって……キスしないって約束したじゃないですか！」

麗奈がブルブルと震えながら、顔を真っ赤にして怒る。

約束……ああ、そういえばしたっけ。でも、俺を惑わす麗奈が悪い。

「約束はしたけど、衝動って抑えられないんだよな」

俺はしれっとした顔で答える。

「この嘘つき！」

麗奈が両手の拳を握りしめながら怒るが、そんなの俺には全然怖くない。

むしろ、可愛さが増す。

「それ、逆効果。もう一回しとくか？」

悪魔のように妖しく笑いながら、麗奈に顔を近づけると、また突然咳が出た。

口を押さえながら咳をこらえる俺を見て、麗奈が冷たい視線を向ける。

「バチが当たったんですよ。いい気味です」

麗奈がそう呟いた時、彼女のスーツのポケットからスマホの着信音が聞こえた。

彼女はポケットからスマホを取り出し、画面をチラリと見ると、すぐにポケットに収める。

スマホの画面を見た彼女の表情が、少し強張ったように見えたのは気のせいだろうか？

「こんな時間に電話か？」

「……ア、アラームをセットしたんです。もう帰らないと……」

麗奈が慌ててバッグをつかみ、部屋を出ていこうとする。

「忘れ物だ」

俺は麗奈の手を強引につかみ、彼女のうなじに顔を近づけ深く口づける。

「ちょっと何してるんですか？」

「何って悪い虫がつかないようにしてるんだ。これでホステスのバイトもできないな」

俺は不敵な笑みを浮かべる。

「専務以上の悪い虫なんていません！　キスマークなんかつけないでください」

うなじにつけた俺のキスマークを手で押さえながら、麗奈はカンカンに怒って部屋を出ていこうとする。

「タクシー代は出すから、コンシェルジュにタクシーを呼んでもらえよ」

「言われなくてもそうします！」

バタンと大きな音を立てて麗奈が出ていくと、俺は頬を緩めた。

今までずっとひとりのほうが落ち着くと思っていたけど、今みたいな時間を過ごせるのなら、もっと彼女と過ごしたいって欲が出てくる。

それに、何よりも病気の時にそばにいてくれると、安心する。

風邪をひくのも悪くない。

第四章

父、危篤《きとく》

専務には咄嗟に嘘をついてしまったけど、あのスマホの着信音は父が入院している病院からだった。

あとで電話を折り返して聞いたところによると、父は肺炎をこじらせたのか、今危篤状態でもう長くはないらしい。『心の準備をしておいてください』と言われたが、もう私の中では、父はとっくに過去の存在だ。

弟の海里には、【父さんが危篤】とだけメールをした。

それからタクシーで家に帰って、シャワーを浴びて着替えをすると、すぐにまた家を出て会社に向かった。

電車に乗っている間、海里から着信が二回あったけど、私は出なかった。

電車の中だから……というのもあったけど、電話に出てしまえば、海里にいつ病院に行くのかしつこく聞かれるのが嫌だったから。

……今はまだ父の顔は見たくない。病院に行きたくない。私は今でも父を憎んでいる。

八時五十分に会社に着き、秘書室に入ると、杏子が私を見るなり心配そうに声をかけた。

「麗奈、顔色悪いわよ。また体調崩したんじゃない？　大丈夫？」

「大丈夫。ちょっと寝不足なだけ」

作り笑いをして席に座り、パソコンを立ち上げる。

いつもならパソコンが起動するまでの間、机の上の書類を片づけたりして慌ただしく手を動かしているのに、今日は魂が抜けてしまったかのように、力が出ない。

「ボーッとしてるわよ。本当に大丈夫？　つらくなったら言うのよ」

優しい言葉をかけながら、杏子が私の机の上に花柄のマグカップを置く。

桃の甘い匂いがする。どうやらピーチティーを入れてくれたらしい。

「ありがとう」

杏子にお礼を言いながらマグカップを持ち、口に運ぶ。

パソコンでメールをチェックすると、専務からメールが来ていた。気づかなかったけど、彼はスマホのアドレスにもメールを送ってくれていたらしい。

【十時フレックス。まだ喉が痛い。あの大根おろし、また作ってくれ】

たったこれだけの文章なのに、今朝の専務とのやり取りを思い出して、なぜかホッとする。父のことで気が重くなってたのに……不思議だ。

とりあえず譲歩して、フレックスにはしてくれたようだ。

【十時了解です。大根おろしはただおろして、ハチミツを入れるだけです。ご自分でどうぞ】

すぐに素っ気なく返すと、また一分もしないうちにメールが届いた。

【大根おろしたことない】

……何この甘えん坊？　この前、料理できるって言ってたのは誰だ。なんでもスマートにこなす完璧男のくせに……。スマートなのは外面だけ？　ひねくれてるし、駄々っ子だし、意外に甘えん坊だし……子供みたい。

【おろし器で大根おろすだけです。サルでもできますよ】

冷たく返すが、専務にネギを首に巻くと言った時の、彼のびっくりした表情を思い出し、自然と顔がニヤける。

ネギ、本当に彼の首に巻いて、写真でも撮ればよかった。

「ねえ、顔が笑ってるけど、そんなに面白いメールでも来た？」

杏子にツッコまれハッとする。

「ううん」

私はすぐに否定したけど、杏子は時計にチラリと目をやり、フッと笑う。

「そういえば、もう九時なのに専務はまだ来ていないようね？」

うっ、専務からのメール読んでたのお見通し？　杏子はいつも鋭すぎるよ。

「……十時フレックスだって。風邪ひいたみたいで」

「ふたりして風邪なんて。キスでもしたんですか？」

ニヤニヤしながら、美月ちゃんが私の顔を見る。

彼女の言葉にドキッとした。

「そ、そんなわけないじゃない。ただの偶然だよ。ほらほら美月ちゃん、常務室の電話がずっと鳴ってるよ」

私が指摘すると、すぐに美月ちゃんが電話機のボタンを操作して、常務の代わりに電話に出た。

追及を逃れてホッとしていると、杏子がニッコリ笑ってウィンクした。

「うまく逃げたわね」

「ははっ」

私は笑ってごまかす。

もう、杏子に勘づかれたじゃない！　それもこれも、専務があんなメール送ってくるからだ。

専務室の掃除は、メールを処理したあとにしよう。須崎さんにも連絡がいっているようだし、まずは専務のスケジュールの調整か。

当初入っていた予定をずらして、メールを処理していると、スーツのポケットに入れておいたスマホがブルブルと震えた。

海里からの着信だ。やっぱり出ることができなくて、すぐにポケットに戻す。

せっかく父のことを頭から追い出していたのに……。

すぐに病院に行かなきゃいけないのはわかってる。……でも、今日は大事な来客もあるし、仕事が終わってからだ。あの父があっさり死ぬわけがない。

そう自分に言い訳して、父に会うのを先延ばしにする。

杏子と一緒に特別応接室に行き、ジュピター社長来訪の準備を済ませると、専務が出社してきた。

時間は九時四十分。

余裕を持って早めに来るところは、本当に優等生だと思う。やはり外面だけはいいのだ、この人は。

私がノックをして専務室に入ると、専務はすでに椅子に座っていて、パソコンを立ち上げていた。

「おはよう。医務室には寄ってきた」

専務が私に向かってニッコリ微笑む。

素直に私の言うことを聞いたのはいいけど、この笑顔がクセ者だ。

「おはようございます。体調はどうですか？」

私は少し警戒しながら挨拶を返す。

「医務室に行って薬を飲んだら、だいぶよくなった」

「それはよかったですね」

私は笑顔で心から言ったのに、専務は何か気に入らなかったのか首を傾げた。

「それだけか？」

ほかに何があるの？

「え？　あっ、ジュピターの社長はまだいらしてないですけど……」

首を傾げて何か言い忘れたことがないか考えるけど、何も思い当たることはない。

「ご褒美《ほうび》はないのか？」

専務が期待に満ちた眼差しで私を見る。

ご褒美？　ただ、フレックスにして医務室行っただけで？　自分のためなのに、なんで私がご褒美あげなきゃいけないの？

「子供みたいなこと言わないでください」

冷たく専務を突き放すと、彼は顎に手を当てて私の顔をじっと見てきた。

「じゃあ、また悪さしようか？」

専務の目が妖しく光る。

その目で早朝のキスを思い出し、私は身の危険を感じて彼のデスクから一歩あとずさった。

「まさか、またキスする気ですか？　ここ会社ですよ」

「個室だから、問題ない」

専務は椅子から立ち上がると、悪魔のような微笑を浮かべながら、私にじりじり詰め寄って、壁際まで追いつめる。

この悪魔！　……復活するの早すぎだよ。昨日の夜は高熱だったし、本当につらそうで見ていられないほどだったのに……。

この回復の早さが秘書としてはありがたいけど、私個人としては憎らしい。

今さら後悔しても遅いけど、こんなに早く元気になるのなら、あのまま専務をベッドに放置して、須崎さんと一緒に帰ればよかった。もう一生風邪をひいてくれればいいのに。そうなれば私は安全だ。

「今度キスしたら、また噛みつきますよ」

私は挑戦的な目で専務を見上げるが、彼には私の脅しなど通用しない。

「試してみようか？」

専務は口角を上げると、私の両腕をつかんで動きを封じ、顔を近づけてきた。

「ダ、ダメ……」

私の制止を無視し、専務の唇がかすかに私の唇に触れる。

このまま奪われる！

私はギュッと目を閉じた。

その時、急にドアが開いて須崎さんがずかずかと入ってきた。

「おい長谷部、ジュピターの社長が来たみたいだぞ。あっ、邪魔したか？　悪いな」

悪いと謝りながらも、須崎さんは私たちを見てニヤリとする。

「須崎、タイミング悪すぎだ」

専務が須崎さんをギロッと睨みつける。

でも、私にとってはいいところで来てくれた。須崎さんに感謝！

「お前は色ボケしすぎだろ。これ、お前に頼まれた資料。ギリギリになって差し替えるなよな」

須崎さんは持っていた書類を、文句を言いながら専務に手渡す。

専務は急に真顔に戻り、書類に目を通した。

「前の資料では説得力が足りなくて、ジュピターの社長が首を縦に振らない気がしてな。あの人、顔は優しいが仕事には厳しいから。社長の了解は得てるし、これで完璧だ。この資料、六部コピーして応接室に持ってこい」

専務はすっかり仕事モードに戻り、須崎さんに資料を手渡すと、須崎さんと一緒に専務室を出ていく。

「……真面目に仕事してる時は、カッコいいんだけどな」

私はため息をつきながら呟く。

でも、須崎さんが現れてくれてよかった。彼が部屋に入ってこなかったら、またキスされるところだった。

専務が打ち合わせをしている間、私は先日、彼に頼まれた書類の整理に没頭した。

書類は北米での営業活動に関する物が主で、全部英語だった。辞書を引きながら書類を整理していくが、こんなに大量にあっては今週中に終わらない、と途方にくれる。

専務に言って、もう少し時間をもらおう。

その後、専務から連絡があり、杏子と一緒に別の応接室にワゴンでお弁当とお茶を運ぶ。その間、専務たちはジュピターの社長を二階にあるショールームに案内していた。

「ジュピターの社長って、どんな人？　私、まだ顔を見てないの」

配膳をしながら杏子に聞いてみる。

「ロマンスグレーの素敵なおじ様よ。父だけじゃなく、兄さんとも親しいみたい。兄さんはすごく尊敬してるようね。ゴルフもたまに一緒にするし」

専務とも親しいのか。だから、今日は休みたくなかったのかな。

まだ体調が悪いのに出社前からメールでやり取りしたのか、会議資料も須崎さんと土壇場まで練ってたみたいだし。

配膳も終わり、自分たちも秘書室でランチを食べる。

今日は社長の計らいで、配膳した物と同じ、ひとつ千八百円の弁当を私たちもいただいている。

総務課にいた時は、こんな役得なかったな。

昼食の時間が終わると、私たちは後片づけを済ませた。

今日の打ち合わせが無事に終了したのか、ジュピターの社長が帰り、専務が戻ってきた。

普通ならそのまま専務室に戻るはずなのに、なぜか秘書室のドアを開けて、私を見据えている。

「中山さん、ちょっと行くところがあるから荷物を持って一緒に来てほしいんだけど」

爽やかな笑みを浮かべながら、専務が私に声をかける。でも……目が全然笑ってない。

これは怒ってる。でも、なんで？　私……何かやらかした？

考えても何も思い当たる節がない。

杏子も美月ちゃんも私を冷やかすような視線を投げてくるが、今はかまっていられない。

一体なんなの？

渋々バッグを持って立ち上がり、専務のもとまで行くと、腕をつかまれてそのまま引きずられるようにエレベーターに連れ込まれた。

「ちょっと、いきなりなんですか？」

「『なんですか？』じゃない。なんですぐ病院に行かないんだ？」

専務がスマホを掲げて私に見せる。

そこに映し出されたのは、海里からのメールだった。

【父が危篤なんですが、姉と連絡がとれないので、会社で会ったら病院に来るよう伝えていただけないでしょうか】

なんでよりにもよって、専務にメールなんか……。海里のバカ‼

私は顔を歪ませる。

「父親が危篤なのに、なんで黙ってた？　ここで仕事してる場合じゃないだろ？」

専務が咎めるような目で私を見てくる。

「私の家族の問題です。専務には関係ありません！」

私はそっぽを向くが、専務に顎をつかまれ、無理やり目を合わせられた。

「俺にこのメールが届いた時点で、もう無関係じゃないんだよ」

「でも……」

「でもじゃない。どんな理由があるにせよ、今行かなきゃ一生後悔する。弟に全部背負わせる気か？」

専務がまっすぐな眼差しを私に向ける。

彼の言葉を聞いて私の心は揺れた。海里だけに押しつけるつもりはない。

「……私ひとりで行けますから、専務は戻ってください」

私はようやく覚悟を決めて、専務から離れるために彼の胸に手を押し当てた。

「俺も行く。ひとりだと逃げるだろ？」

「専務は仕事があるでしょう？」

「須崎に任せたから問題ない」

この状況で須崎さんに任せなくてもいいのに……。

「私ひとりで本当に大丈夫です。ちゃんと病院に行きますから」

専務の目を見てそう言うが、彼は私の言葉を信用していないのか、首を横に振るときっぱりとした口調で言った。

「諦めろ。これは上司命令だ」

また勝手なことを……。それを言われたら反論の余地もない。

私は観念して専務と一緒にエレベーターを出て、玄関前に停まっていたタクシーに乗り込む。すると、専務は私の動揺を知ってか知らずか、私を勇気づけるように何も言わずに指を絡ませてきた。

私はタクシーの中で、ずっと彼の手を離せなかった。父に会うのが怖くて仕方なかったのだ。病院で父の惨めな姿を見るのが嫌だった。

すっかり固くなり、点滴の針も刺せなくなった父の身体。自分で痰《たん》も出せず、吸引器で吸い出されても、苦しむ様子を見せるだけで『痛い』とも言えない。

私は吸引器の、魂を吸い取るようなジョボジョボという音が嫌いだ。

憎むべき対象があんなひどい姿になってしまうと、もうどうしていいのかわからない。

憎いのに……相手は弱って死に近づいていく。

「怖い……」

タクシーの中で私が身体を震わせながらそう呟くと、専務は『大丈夫だ』とでも言うように、私の肩を優しく抱きしめてくれた。

専務がいなかったら、私は逃げて、結局病院に行かなかったかもしれない。専務が差し伸べてくれた手は、強引ながらも、心の弱い私を導く救いの手だった。

安眠［俊SIDE］

二時間半かけて病院に辿り着くと、麗奈の父がいる病室に向かった。

麗奈は緊張した面持ちで何もしゃべらず、俺たちのカツカツという靴音だけが廊下に響く。

病室はICU《アイシーユー》でも個室でもなく、四人部屋だった。

扉は開かれたままで、窓側のベッド脇に麗奈の弟が立っていた。俺たちに気づくと、彼は俺に向かって軽く会釈する。

「長谷部さん、会社もあるのにすみません。姉を連れてきてくれて、ありがとうございます。父さん、姉さんが来たよ」

麗奈の弟が屈んで父親に声をかける。

彼女の父親の心電図がモニターに表示されていた。

医師が父親の瞳孔を確認しながら看護師に指示をする。口につけられていた管が看護師によって取られ、点滴も外された。

もう……治療してもダメということか。

それにしても、麗奈の父親の姿は見ていて痛々しかった。

多分、年齢は五十代で自分の父親とそれほど変わらないはずなのに、八十歳くらいに見える。

頬はこけ、身体全体が痩《や》せ細っていて、麗奈の弟の言葉になんの反応も示さない。

そんな父親の姿を正視できないのか、彼女は父親のそばには行かず、ずっと顔を背けていた。

「麗奈」

俺は麗奈に声をかけ、彼女の背中をそっと押すが、彼女はなかなか父親のもとへ行こうとしない。

「姉さん、もう時間がないんだよ」

麗奈の弟も諭《さと》すように言葉をかけるが、麗奈は動こうとしない。沈痛な表情を浮かべ、現実から逃げようとする。

麗奈の複雑な気持ちは俺にもわかるような気がする。

もし、実の母親が同じように危篤状態になったら、俺はどうするだろう。憎んでいる相手が、こんな痛々しい姿になったら……。

会うことを拒否して、麗奈のように仕事に没頭していただろうか。優しい言葉なんて、きっとかけられない。むしろ、自分を捨てたことを冷たく責めたかもしれない。

だが、麗奈にとって、憎むべき相手に残された時間は、もうあまりない。

「恨み言でもなんでもいい。何かひと言でも声をかけるんだ。これがきっと最後だぞ」

俺は麗奈に優しく声をかけ、彼女の背中をそっと押す。

「……わかってます」

俺の言葉に何かを決意したように、麗奈がじっと彼女の父親のほうに目をやる。

彼女は一歩一歩ゆっくり父親に近づき、ためらいながら彼の手にそっと触れる。

「海里のことは、心配いらないから」

淡々とした口調だった。

でも、きっと……これが今の彼女に言える精一杯の言葉だったのだろう。

麗奈の声を聞いて安心したのか、彼女の父親は静かに息を引き取った。彼はずっと、麗奈が来るのを待っていたのかもしれない。

心電図モニターの残酷な告知音が鳴る。

看護師がモニターを止め、医師が麗奈の父親の瞳孔を再度確認している間も、麗奈は呆然としていた。

「姉さん」

麗奈の弟が彼女の肩に手を置く。

彼の目にはうっすらと涙が浮かんでいるが、麗奈はただじっと父親のほうを見ている。目の前の出来事が、夢か現《うつつ》かわからない……そんな顔をしている。まるで、泣くという感情さえも忘れているかのようだ。

生きている父親に会えたのはほんの一瞬だったが、それでも麗奈を無理やり連れてきてよかったと思う。

その後、麗奈の弟と相談し、葬儀屋を呼んで、遺体をセレモニーホールの中にある安置所に運んでもらい、三人でつき添うことになった。

安置所の間取りは、六畳の和室がふた部屋に、トイレと浴室と洗面所がひとつずつ。アメニティーも揃《そろ》っているし、食事がつかないことを除けば旅館となんら変わらない。

「僕、一旦アパートに戻ります。着替えも何も用意してきてなくて。姉のぶんも服を取ってくるので、それまで姉のことをお願いできますか？」

「ああ、大丈夫だよ」

俺は軽く頷くと、そばにいる麗奈に目をやる。確かに、この状態の麗奈をひとりにしてはおけない。

彼女はずっと黙ったまま父親の遺体から顔を背け、俺たちとも全く視線を合わせようとしない。

麗奈の弟が部屋を出ていくと、俺は彼女に向き直った。

「何か飲むか？」

麗奈を気遣い、優しく声をかけるが、彼女はただ頭を振る。

「食欲は？」

麗奈はまた頭を振る。

憔悴《しょうすい》し切っている。

こういう場合、どう慰《なぐさ》めていいのかわからない。そもそも他人のことなんて、今まで気にしたことがないし……。

思わずため息をつきそうになり、慌てて口を押さえる。

「シャワーを浴びてくるといい。いつまでもスーツだと疲れるぞ。浴衣《ゆかた》もあるみたいだし、着替えるといい」

「……父のこと、頼みます」

麗奈がやっと俺の提案を受け入れ、魂の抜けたような様子で浴室に向かう。それも、父親の遺体を見たくないからかもしれない。

俺はその間に、スマホを取り出してメールを確認した。

須崎からのメールが二件に、親父から一件。ほかの仕事関係のメールは、須崎が俺の代わりに処理したようだし、慌てて指示を出すものはない。

明日も来客があるが、須崎に任せて会社を休むか？　社長も同席するし、問題ないだろう。

心配なのは麗奈のほうだ。今の彼女の様子を見ていると放っておけない。

十五分くらいして麗奈が戻ってきたが、彼女の髪はまだ濡れていた。彼女は座布団の上に座り込み、壁にもたれかかる。

俺は洗面所に行ってドライヤーを取ってくると、彼女の髪を乾かし始めた。

「麗奈……そんなんじゃ、また熱が出る」

俺が優しく声をかけると、麗奈は投げやりに言った。

「……いいの」

「よくない」

「……私みたいな冷たい女、きっと悪魔にだって嫌われるわ。親が死んでも泣かないんだもの。気丈にしてるわけじゃなくて、全く悲しくなんかないの。むしろホッとしてる。ひどい女でしょう？」

麗奈が自嘲するようにフフッと笑う。

気が動転していて、自分でもどうしていいのかわからないのかもしれない。

「本当にひどい女なら、そんなこと言わないさ」

麗奈の言葉を否定しながら、俺は彼女の肩に手を置く。

……冷たい。シャワーを浴びたばかりなのに……。

「まさかと思うが、水のシャワーを浴びたのか？」

「……わからない。水……だったかもしれない」

『でも、どうでもいい』……そんな麗奈の声が聞こえてきそうだった。

なんの感情もこもっていない無機質な声。

今の彼女は父親が亡くなったショックで、火の中でもかまわず歩いていきそうだ。

「このバカ！」

麗奈を一喝《いっかつ》し、押し入れを開けて毛布を出すと、彼女の身体をそれでくるんだ。

自分を痛めつけるような真似をして、何をやってるんだ。……ひとりにすると、何をしでかすか本当にわからないな。

「なんで優しくするの？　私のことなんか、放っておいて帰ればいいじゃない！」

麗奈が語気を荒らげる。

ほんと、それができれば苦労はしない。

「気になるんだ」

麗奈の瞳を見つめ、真摯に告げる。

それに、彼女が必死に助けを求めている気がした。自分勝手な解釈かもしれないが。

「……こんな時に優しくするなんて……ズルい」

麗奈の瞳が揺れる。

「そうだな。ズルいのは認める」

フッと微笑し、麗奈の目を見ながら頷くと、俺は彼女の身体を毛布の上からそっと抱きしめた。

冷え切った身体。それが麗奈の今の心情を表しているかのようで、見ていてつらい。

彼女はショックで泣くこともできない。

そんな麗奈の身体を温めるように抱きしめていると、少し気を許してくれたのか、麗奈は俺に寄りかかってきた。それだけ弱ってるってことか。

「私……ずっと父が許せなかった。母を裏切って、ほかの女の人と浮気していた父をずっと憎んでた」

麗奈の告白に、俺は静かに相槌《あいづち》を打つ。

「ああ」

「だから、大学生になって東京でひとり暮らしを始めてからは、ずっと父のことを死んだものだと思い込もうとしてたの。友達に父の話をする時は、いつも過去形にしてた……」

「でも、偉かった。最後に言葉をかけることができて」

俺は麗奈の髪をゆっくり撫《な》でて、穏やかに微笑んだ。

「……専務に言われなければ……多分ずっと父から逃げてた。今でも……父のことが憎い」

「無関心よりいいんじゃないか?」

俺は慰めの言葉を口にする。麗奈の気持ちは理解できる。

俺だって俺を捨てた母親のことを憎んでいるし、死んだものだと思っている。どこかで生きているかもしれないが、母親を探して会う気はない。

「……専務のことも嫌い」

「それはどうも」

今度は俺か。

俺がいたずらっぽく笑ってみせると、麗奈は俺の腕の中で悪態をつき始めた。

「腹黒で、ワガママで、駄々っ子で、甘えん坊で、悪魔で……外面だけよくて……意地悪で……カッコよすぎ……で……ムカつく……」

お経のように長い、俺への悪態。

聞いていて腹が立つというよりは、笑ってしまう。

「麗奈……？」

声がしなくなって、麗奈の顔を覗き込むと、彼女は目を閉じていた。

もう寝たのか？

試しにもう一度声をかけてみる。

「麗奈？」

「う……ん」

返事らしきものはあっても、目を開ける様子はない。数秒後には、彼女の静かな寝息が聞こえてきた。

「ほんと、無防備すぎだろ」

クスッと笑いながら、彼女の寝顔をしばし見つめる。

眠ってくれてホッとした。しかし、あの悪態……。

「全部、俺への愛の告白に聞こえるんだが」

そう思うのは都合がよすぎるか……。

俺は一旦麗奈の身体をそっと座布団の上に横たえると、押し入れから布団を取り出して畳の上に敷いた。

麗奈の身体を抱き上げて、そっと布団の上に寝かせ、掛け布団をかける。

「今は何もかも忘れて、ぐっすり休め」

夢も見ないほど、ぐっすり寝てほしい。

俺は優しく囁き、麗奈の髪にそっと口づけた。

そのあと俺は再びスマホで仕事関係のメールをチェックし、須崎と電話で話をすると、麗奈のそばへ行き、彼女の寝顔をじっと見ながらひと息つく。

そうこうしているうちに四時間ほど経っただろうか。

俺が麗奈の頭を撫でていると、彼女の弟が戻ってきて、俺たちの様子を見て一瞬表情を変えた。

「お帰り」

俺があえて取り繕うことなく、平然と声をかけると、彼は気を取り直して口を開いた。

「やっぱり姉とはそういう関係だったんですね。姉のこと、本気なんですか?」

麗奈の弟の真剣な顔を見て、俺は彼の目をまっすぐ見据えながら、自分の本心を告げた。

「本気でなければ、ここにいないよ」

麗奈を支えたいからこそ、ここにいる。遊びでつき合ってる女なら、こんなに心配しない。

彼女の弟は、何か探るような目で数十秒間、俺の顔をじっと見つめると、フッと笑った。

「……それもそうですね。でも、何かあったら責任とってくださいよ」

その笑顔は、一見無邪気なように見えて、したたかさも窺わせる。

今日病院で会った時、どこか値踏みするような目で俺を見ていたが……。

まあ、姉の会社の専務が、二度も続けて彼女につき添ってるんだ。当然、俺と彼女の関係を疑うよな。

「姉を泣かせたら僕が許しませんよ。その場合、僕が弁護士になったら、社会的に抹殺しますから」

麗奈の弟が俺を見据えながら、挑発的に口角を上げる。

こいつ……俺に似てるな。面白い。

「……社会的に抹殺ね。それは怖いな。でも、彼女を泣かせたりはしないから、安心していいよ」

『怖い』と口にしながらも俺は余裕の笑みを浮かべ、彼の言葉を受けて立つ。

すでに、過去に麗奈を泣かせたことには触れない。

「その言葉、信用していいんですか?」

「もちろん。それに君が望むなら、うちの顧問の弁護士事務所を紹介しようか?」

「僕をそれで買収するつもりですか?」

麗奈の弟が俺の真意を探るように、目を細めて俺を見る。

「どう考えようと君の勝手だけど、君も男なら早く独り立ちして、姉さんを楽にさせてやりたいだろ? チャンスがあればモノにすべきじゃないかな」

俺の忠告は、耳に痛かったに違いない。麗奈の弟はしばし沈黙すると、顔を歪めた。

「……長谷部さんの言う通りですね。僕はずっと姉に頼りっぱなしで……自分が情けない」

麗奈の弟が、悔しそうにギュッと拳を握りしめる。

姉に頼らなければならない今の状況が、自分でも歯がゆくて仕方ないのだろう。男ならなおさらだ。

「〝俊〟だよ」

俺は麗奈の弟に穏やかな眼差しを向けると、彼の言葉を訂正した。

すると、彼は驚いて目を見開いた。

「え?」

「〝長谷部〟じゃなくて、これからは〝俊〟って下の名前で呼んでくれていいよ。君とは、長いつき合いになりそうだからね」

俺の言葉の意味をすぐに理解したのか、麗奈の弟はちょっと呆れたように苦笑した。

「大した自信ですね」

溺愛？

父が亡くなって、一ヵ月が経った。

あれから、私と専務の関係は少しずつ変わっていった。

父の死は、まだ完全には受け入れられない。でも、火葬場の煙突から立ち上る煙を専務と一緒に見ながら、私は心の中で父にそっと別れを告げることができた。

それができたのは専務のおかげだ。敵対心むき出しで彼に接してきたが、私は少しずつ彼に気を許すようになった。

専務が意地悪なのは相変わらずだけど、ふと気がつくと温かい眼差しで私を見ている。私のことを心配してくれる人がいる……そう思うと、早く元気にならなきゃって思った。

三週間前に届いた、秘書課のチェック柄の制服にも違和感がなくなったし、専務との仕事にも慣れてきた。

朝の申し送りは、今日こそ自分のペースで進めるんだから。

毎日そう意気込んで挑むけれど、今のところ全戦全敗。

いつものように専務室のドアをノックして入ると、デスクでパソコン画面を見ていた専務が、私にチラリと目を向けた。

「おはよう」

私の目を見て、専務がにこやかに微笑む。

「おはようございます。今日の川越《かわごえ》工場の視察、午後一時に配車します。ほかに何かありますか？『アメリカ出張に同行しろ』っていうのはなしですよ」

「言うようになったな」

専務が余裕の笑みを浮かべる。

「私が同行しても経費の無駄遣いです。須崎さんが一緒なんですから、ふたりでしっかりお仕事お願いします」

「じゃあ、今夜は予定あるか？」

「杏子との先約があるんです。昨日、頼まれた資料の作成は終わってますし、今日は残業しませんよ」

そう、このフロアには長谷部が三人いて紛らわしいので、杏子のことは業務中も下の名前で呼んでいる。

「ふーん、先手を打ったつもりか？　俺がいなくて寂しくなっても知らないぞ」

専務が私の顔を見ながら、ニヤリとする。

誰が寂しくなんてなるもんですか！

顔を見なくてむしろ清々する。

「久々の自由を満喫させてもらいます。もう、会食に同席するのもうんざりなんです。私を使って見合いを避けないでください」

「お披露目のつもりだが」

『お披露目』ってなんのよ！

私はキッと専務を睨みつける。

「余計悪いです。みんな本気にしたらどうするんですか？　弟だってなんか変な誤解してるし」

父の葬儀の時も、海里は急にいなくなって私と専務をふたりだけにするし、『俊さんなら義理の兄になってもいいよ』とわけのわからないことを言いだした。

それに、なんで毎週、私と海里と専務の三人で食事するの？

しかも食事のあとは、専務の家に海里と泊まるのが定番になっている。最近は、ふたりで何か企んでるようだし……。

ホステスのバイトは、専務が『もうお金の心配をする必要はないんだから辞めろよ』

とうるさいし、海里にも、『もうしない』と約束させられたので、叔母さんに言って辞めさせてもらった。

「誤解じゃない。外堀を埋めてるんだ」

専務が私の顔を見て、面白そうに目を光らせる。

「なんの外堀ですか？　私はあなたのおもちゃじゃないんですからね！」

この男は、もう！　私が困る姿を見て楽しんでるんだ。

「もう会議の時間なんだが」

専務が不敵な笑みを浮かべながら、自分の腕時計を指でトントンと叩く。

「うっ……もういいです！　早く会議室に行ってください」

もっと文句を言いたいところだけど、時間が来たのなら仕方がない。それにしても、時間まで専務に味方するなんてズルい。

「了解。承認の必要な書類は、処理してトレイに入れておいたから、あとは頼むよ」

専務は、急にクールな上司の顔になる。

私をからかっていても、仕事はしっかりやるのだ。この完璧さが逆に腹立たしい。

「……はい」

専務が椅子から立ち上がり、部屋を出ていこうとすると、私も彼を見送るためにドアの前まで彼のあとをついていく。

「それから……」

何か言い忘れたのか、ドアノブに手をかけた専務が、突然私のほうを振り返る。

「なんですか？」

まだ何かあるの？　もう時間がないんだから、早く会議室に行ってよ。

思わず眉間にシワが寄る。

「たまに咳してるし、医務室に行ってこい。上司命令だ」

専務は私の眉間にピッと指を当てると、微笑してドアの向こうに消えた。

「……急に優しくするのは反則だよ……もう！」

私は眉間を押さえてしゃがみ込む。

ワガママかと思えば、急に優しくなるし……ドキドキさせられて、もうどうしていいかわからない。私の心臓がもたない。

専務が処理した書類を持って秘書室に戻ると、社長がひとり中にいて、カレンダーをじっと眺めていた。

あっ、そっか。美月ちゃんは郵便室に急ぎの封書を出しに行ったんだっけ？

「杏子さんなら、今応接室の準備で席を外してますが」

ニッコリ笑って声をかけると、社長は私に向かって優しく目を細める。

彼は専務くらい背も高くて、ハンサムでダンディーなおじ様だ。五十代半ばなのに、髪は黒々としているし、後ろ姿は遠くで見ると、たまに専務と間違えそうになる。

いつもニコニコしてるけど、やっぱり専務と同じで結構腹黒いのかな？　親子だしね。

専務の腹黒さを知ってから、もううがった見方しかできない。

「麗奈ちゃんを待っていたんだよ。式のことだけどね、来年の六月辺りはどうかな？」

『麗奈ちゃん』……？

社長の呼びかけに、思わず目が点になる。

「……式ですか？　なんの式典でしょうか？」

うちの会社……来年の六月になんかあった？　創立記念とか？

私が首を傾げると、社長はハハッと笑った。

「麗奈ちゃんと俊の披露宴《ひろうえん》だよ」

……披露宴!?

社長の言葉に驚いて、私は絶句した。

あの腹黒王子、社長に何を言ったの？　これは……本当に外堀埋めてる？

「見合いは全部断るし、俊の結婚は諦《あきら》めていたんだよ。でも、麗奈ちゃんがいてくれてよかった」

……そこ、社長なら少しは反対しましょうよ。普通、家柄が違うとか……政略結婚とか……いろいろあるでしょう?

お願いですから、そんな簡単に認めないでください。私にとっては専務の暴走を抑えるための、大事な砦《とりで》なんですから。

「今年の秋がよければ、式は内輪で挙げて、来年の六月に披露宴でもいいんだよ。女の子はやっぱりジューンブライドにこだわりたいだろうしね。杏子も結婚する気はなさそうだし、麗奈ちゃんに期待してるんだ。来年には孫を抱けるかな?」

ニコニコ微笑みながら、社長が期待の眼差しを私に向ける。

彼の言葉に私は青ざめた。

……孫‼

そもそも専務とは会って二ヵ月も経ってないし、まして恋人でもないのに、なんでそうなるの? 孫の期待なら、杏子にしたっていいじゃありませんか。

社長はすごくご機嫌だし、専務の冗談です……なんて今はとても言えない雰囲気だ。

「あ、あのう社長、私は父が亡くなったばかりですし、その件は専務と相談します」

あとで専務をとっちめて、彼の口から訂正させます。

私は必死に怒りを抑え、作り笑いをする。

「ああ、そうだったね。すまない。歳をとると、どうも気が焦ってしまってね。とりあえず籍を入れるだけでもいいかもしれないな。ふたりでよく相談するといい。私は麗奈ちゃんの味方だよ」

社長は笑顔で私の肩をポンと軽く叩くと、秘書室を出ていった。

社長がいなくなると、私は一気に脱力した。

「……なんか、まだ朝の九時過ぎなのにどっと疲れた。栄養ドリンク欲しい」

「何、おじさんみたいなこと言ってるの?」

杏子が秘書室に戻るなり、クスクス笑う。

「あっ……」

私は口をあんぐり開けて、杏子の顔を見る。

誰もいないと思っていたのに、聞かれていたらしい。

「それで、社長が来てたでしょう? 兄さんとの結婚はいつ?」

「……なんで杏子が知ってるの?」

私は驚いて目を見開いた。

「昨日、兄さんが社長室で『麗奈と結婚する』って、にこやかに報告してたわよ」

杏子が私の顔を見ながら、それはそれは楽しそうにその時の状況を語る。

人が殺意を覚えるのって、こんな時だろうか？

「……あの腹黒男」

私はギュッと拳を握りしめる。

「え？」

「ううん、こっちの話。恋人でもないのに、専務は何考えてるんだろう？」

「それは麗奈の見解よね？　兄さんはすっかりあんたのこと、婚約者扱いしてるわよ。いいじゃない、結婚しちゃえば」

できるわけがない。他人事だと思って杏子は面白がりすぎだよ。

「簡単に言わないでよ。私、弟が大学を卒業するまでは絶対結婚しないから」

亡くなった母にも海里のことを頼まれたし。

杏子を睨むと、私はムッとした表情で宣言する。

「あら、でも海里君だっけ？　兄さんがうちの顧問の弁護士事務所を紹介するって言ってたわよ。弁護士目指してるんでしょう？　将来も安泰だし、麗奈は麗奈の幸せをつかんでもいいんじゃない？」

会社の顧問の弁護士事務所？　その話は初耳だ。

……あの男、海里までうまく丸め込んで、私で一生遊ぶつもり？

正直、自分の幸せなんてまだ考えられない。ううん、考えるのが怖いんだ。

結婚して両親みたいに、心が離れてしまったら？

父に浮気された母は、私と海里の前では気丈に振る舞っていたけど、きっと寂しかったに違いない。そう思うと、恋愛にも結婚にも臆病になる。好きな人が自分以外の人を好きになったら、私はきっと心が壊れてしまうだろう。

恋は楽しくて甘いけど……怖い。

毎日専務に会うたび、あの笑顔を見ると、ホッとして嬉しくなる自分がいる。

でも、彼はいつまでその笑顔を向けてくれるだろうか？　私が彼を好きだと告白するまで？　それとも、彼がほかの人を好きになるまで？

永遠の愛なんてきっとない。自分でそう、わかっている。なのに、彼に惹かれる自分を止められない。

専務となんて釣り合わないのにね。私はどうしたらいい？

「……なんか頭痛がしてきた」

私が額に手をやり、こめかみを揉《も》むと、杏子が言った。

「兄さんは浮気しないと思うし、収入もあるし、お買い得だと思うわよ」

杏子が楽しそうに私をからかうが、私は笑えない。

「……私にだって選ぶ権利があると思うけど。それに、会社の女性社員を敵に回したくない」

私なんかと専務が結婚したら、彼のファンに一生恨まれて呪い殺されそうだ。

「……まだ何かされてるの？」

杏子が心配そうに私を見る。

「……仕事では嫌がらせされなくなったけど。今もまだロッカーの鍵を壊されて、置いてた私物がゴミ箱に捨てられてたりとか……地味な嫌がらせがあるんだよね」

思い出すだけでも気が重くなる。

一週間前も、総務部の新部長の歓迎会に出席した時、受付の鈴木《すずき》さんが同期の女の子に『専務は絶対、私がモノにするから』と言って、私を横目で見ながら挑戦的な笑みを浮かべていた。

彼女も専務が好きで、私のことをよく思っていないようだ。

「そういえば受付の鈴木さんが、兄さんを落とすとか言ってるらしいわね。彼女、出世頭の男性社員に手をつけては、飽きたからって一ヵ月で捨てたり、同期の親友の彼氏を寝取ったって噂もあるわよ。兄さんはああいう悪女に騙されるほどバカじゃないけど、彼女が麗奈に何かしないとも限らないわ。気をつけなさい」

杏子が真剣な表情で私に忠告する。

「はは……怖いこと言わないでよ」

杏子の言葉を聞いて、私は乾いた笑いを浮かべる。

そういえば、鈴木さんってそんな噂あったっけ。杏子は社内の情報通だけあって、いろいろ知ってるな。

鈴木さんは目がぱっちりしてて、茶髪のセミロングで、雰囲気が綿菓子みたいに柔らかい感じで可愛い子なんだけど……。

親友の彼氏を寝取るとか……聞いただけでもゾゾッと寒気がする。

「ロッカーの鍵も、鈴木さんが犯人かもしれないわよ。兄さんに言ったら？」

「直接鍵を壊すところを見たわけじゃないし、憶測でそんなこと言えないよ。それに、仕事のことじゃないし、これ以上専務に心配かけたくない」

仕事で嫌がらせされた時は、さすがに専務にも被害がいくし、彼に相談した。

すると、相談した翌日に、嫌がらせをした女性社員に出向の辞令が下って、私は逆に彼女に同情した。

『出向までさせなくても』って私は専務に言ったけど、彼は冷酷に『社会人なんだから当然の報いだ』と言って、全く聞く耳持たなかったんだよね。

ロッカーの件も、専務に伝えたらきっと恐ろしいことになりそう。しばらくロッカーを使わなければ被害はないだろうし、専務には言わないつもりだ。ただでさえ彼は仕事で忙しいのに、些細なことで彼の手をわずらわせたくはない。

「ああ……頭痛がひどくなってきたかも。医務室行ってくる」

「それがいいわ。咳もしてるし、少し休ませてもらったら？」

「うん、そうする」

秘書室を出て廊下をしばらく歩いていると、寺沢君に出くわした。

「中山、ちょっといいか？」

寺沢君がどこか深刻な様子で、私に声をかける。

どこか暗い雰囲気だけど、仕事で何かあったのだろうか？

「うん」

寺沢君が私の手をつかんで、なぜかすぐ近くの空いている会議室に入る。

仕事の確認かなと思ったけど、切羽詰まったような表情で、じっと私を見つめてきた。

電気もついていない暗い会議室。寺沢君の目が光って怖く見えるのは、気のせいだろうか？

「寺沢君、どうしたの？　ねえ、何か仕事の話なら電気つけようよ」

私が壁のスイッチに手を伸ばすと、寺沢君の手が突然伸びてきて、スイッチに手が届く前に身体ごと壁際に押しつけられた。

「……て、寺沢君？」

温厚で優しい彼らしくない行動に、私はビクッとして声が震えた。

「専務と結婚するってほんと？」

またか。ここでもその話？

一体どこまでその話が広まっているのだろう。

「それデマだから」

私は寺沢君に向かって、クスッと笑ってみせる。

「……でも、社長が専務とその話をしてるのを聞いたんだ」

「聞き間違いじゃない？　つき合ってもいないよ」

もう、わざわざ会社でそんな話しなくてもいいのに。そのうち社内中に伝わっちゃうよ。

「本当に？　俺……中山のこと、入社した時からずっと…」

寺沢君が思いつめた表情で、いきなり私の両肩をギュッとつかむ。

やっぱり……いつもの寺沢君と違う。なんだか怖い……。

「寺沢君、痛いよ。離して」

ちょっと怯えながら懇願するけれど、寺沢君は力を緩めてくれない。

「嫌だ！　俺は中山のことが好きなんだ！」

寺沢君が声を荒らげ、私に迫ってくる。

「寺沢君、やめて！」

寺沢君の胸に手を押し当てて、私は必死に彼から離れようとした。

その時、突然扉が開いて専務が現れた。彼は息急き切っていて、私を見るなり寺沢君から引き離す。

「麗奈、探した。なんで医務室に行かないんだ？」

専務に手を引っ張られ、そのまま彼の腕の中にダイブする。

「せ、専務⁉」

「専務じゃない。俊だろ？」

専務がわざと寺沢君に聞こえるように、いつになく甘い声で囁く。でも、次の瞬間には寺沢君に鋭い視線を向け、この場が凍りつきそうなほど冷たい声で告げた。

「俺のに気安く触るな」

……こんな専務、初めて見る。彼は今にも寺沢君に殴りかかりそうな様子だ。

爽やか王子の仮面がはがれてるんですけど……。いいの？

怖くて『俺の……』発言の否定もできない。今は専務に逆らってはいけない気がする。

寺沢君も彼を見て、すっかり萎縮《いしゅく》しているし……。

「行くぞ」

「ちょ、ちょっと、専務」

専務に強く腕を引かれて会議室を出ると、そのまま専務室に連れていかれた。

「何、勝手に連れ込まれてるんだ？」

専務は私を責めるような口調で言うと、じっと私の目を見つめてくる。

「……仕事の話かと思って」

気まずくなって、私はうつむきながら言い訳する。

「廊下で見かけて焦った。だいたい、隙がありすぎだ。俺が気づかなかったら、今頃押し倒されてたぞ」

「まさか……。あはは……」

私が乾いた笑いを浮かべると、専務に怖い目でギロッと睨まれた。

「笑い事じゃない」

「でも、あの真面目な寺沢君に限って……」

「男なんてみんな狼なんだよ。連れ込むってことは、悪さする気があったってことだ。こんな風にな」

妖しく目が光ったかと思うと、専務は私に顔を近づけ、軽く口づけた。

そして、何を思ったか大胆にも私の唇を甘噛みし、数秒堪能すると私から離れる。

びっくりして私が口をパクパクさせていると、専務が悪魔のように微笑んで言った。

「だから、隙があるんだよ」

「もう、いきなり何するんですか！」

「お仕置きだ。麗奈も逃げなかったし、楽しんだだろ？」

専務がいたずらっぽく笑って、私の唇を親指の腹で撫でる。

「お仕置きしたいのは私のほうです。社長にも勝手なことを言って、どう責任とるつもりなんですか！」

私が専務に噛みつくと、彼は口角を上げた。

「俺たちの孫くらいまでは、責任とるつもりだ。信用できないなら、明日にでも婚姻届にサインしようか？　海里も喜んで祝福してくれるさ」

「なんでそうなるの！」

怒った私は、ここが会社ということも忘れて大声で叫ぶ。

そんな私を見て、専務が楽しそうに笑った。

この腹黒王子、どこまで本気なの？

どう頑張っても彼には勝てないような気がする。でも、素直に負けを認めるのは悔しい。

「私はあなたなんか嫌いだし、結婚もしませんよ！」

私は専務のネクタイをつかんで、上目遣いに彼と目を合わせて宣言する。

ああ、大きな声を出したら、ますます頭痛がひどくなってきた。

痛みで眉をひそめると、彼が心配そうに私の顔を覗き込む。

「具合悪いのか？」

「頭痛がひどくて……」

私が額を押さえると、専務が私を抱き上げた。

「さっさと医務室に行かないからだ」

頭痛の種は専務だって言ってやりたかったけど、彼の腕の中にいると、なんだか安心して『このままでもいいか』って思った。

そうこのまま……。つらいことは何も考えず、彼の腕の中で現実逃避していたい。

専務は私を抱き抱えたまま専務室を出ると、足早に医務室に向かう。

私は専務の首につかまり、彼の肩に頭を預けた。

ずっと、こうやって私の心配をしてくれたらいいのに……。私だけを見ていてほしい。『恋をすると人は欲張りになる』って言うけど……私もそうだ。認めるのは悔しいけど、私は……専務に恋してる。

医務室に入ると、前田先生が私たちを見てニヤリとし、専務に向かって言った。

「お前、溺愛してるね」

不安の種……【俊SIDE】

寺沢の件があった翌朝、俺はいつものようにパソコンの画面を見ながら、麗奈の申し送りを聞いていたが、ふと自分の家のことを思い出してクスッと笑ってしまった。

「何笑ってるんですか？　私、何かおかしなこと言いました？」

麗奈がスケジュール帳から顔を上げ、訝しげな視線を俺に向ける。

「俺の家に、麗奈の私物が増えたと思ってな」

「それ……文句ですか？　頭痛くらいなら、ひとりでも大丈夫だって言ったのに、自分の家に拉致《らち》したのは誰ですか？」

麗奈が口を尖らせ、俺をキッと睨みつける。

文句じゃないんだけどな。逆に、麗奈のピンクの歯ブラシとか、洗面所の化粧品を見るとちょっと嬉しい。

モデルルームのように人の存在を感じさせない家だったのに、今は温かみを感じる。

今までは、ただ寝るためだけのものだった家が、楽しくてリラックスできる場所になった。

俺は苦笑しながら、麗奈の淹れた紅茶を口に運ぶ。

アールグレーの紅茶は、いい香りがした。

朝食ではコーヒーを飲んだし、こういう配慮はありがたい。コーヒーは好きだけど、いつもだと飽きるし、胃も悪くする。

「文句じゃなくて喜んでるんだ。それに、拉致だなんて人聞きが悪いな。麗奈が心配だったからだ。今朝の通勤も、車で楽だっただろう？」

「それは……楽でしたけど。頭痛くらい誰だってなるんですから、大丈夫ですよ。もう拉致なんてしないでくださいね」

「心配だったのは頭痛だけじゃない。麗奈、俺に隠してることがあるよな？　まだ誰かに嫌がらせされてるんだろう？」

俺が急に真剣な表情になり、麗奈の顔をじっと見据えると、彼女は気まずそうに俺から視線を逸らした。

「突然何を言いだすかと思えば……。もう何もされてませんよ」

「嘘つきだな。俺から目を逸らしながら言っても、説得力ないぞ」

昨日、医務室から専務室に戻ると杏子が入ってきて、麗奈がまだ嫌がらせを受けていると聞いた。

女の嫉妬は醜い。前に仕事で麗奈に嫌がらせしていた女はすぐに出向させたが、ほかにも彼女を妬《ねた》んでいる女がいるかと思うと怖い。須崎の元カノのキャットの例もあるし、狂った女は何をしでかすかわからない。

「麗奈」

うやむやにするわけにはいかなくて、諭すような声で麗奈の名を呼ぶと、彼女は俺と渋々目を合わせた。

「大した嫌がらせじゃないし、大丈夫です」

麗奈が作り笑いをして、この話題を終わらせようとするが、そうはいかない。

「いろいろ心配してるんだ。来週の月曜から俺はアメリカ出張でいない。俺が不在の間の送り迎えとかは海里に頼んでおいたから、俺のマンションを適当に使うといい」

真摯な目で麗奈に優しく告げたが、彼女は反論した。

「海里は司法試験の予備試験も始まってるんですよ。集中させないと……」

「大丈夫だ。その程度のことで集中できないなら、弁護士になる素質はない。でも、海里はどんなに邪魔されたってきっと受かるさ。そういうタイプだ」

日本一の有名国立大の学生ですごく頭もいいし、姉の苦労も知っている……麗奈をガッカリさせるわけがない。

麗奈に幸せになってほしいと思う点で、俺と海里の意見は一致している。海里と何度か食事をするうちに、お互いだいぶ打ち解けた話もするようになった。

「……ずいぶん海里と親しくなったんですね」

麗奈が腕を組みながら、不満そうに俺を見据える。彼女は俺と海里が仲よくなるのを快く思っていない。

俺たちが結託して何かするのを、警戒している。

「俺にちょっと似てるからかな。以心伝心で互いの考えが読めるし、気が合うんだ。そんなことより、もう観念してうちに引っ越してこいよ？」

「なんで上司の家に引っ越さなきゃいけないんですか？」

麗奈が目を細めて冷静に反論する。

「まだ抵抗するのか？　うちにも慣れただろ？　俺がアメリカから戻ったら、一緒に新しいベッドを買いに行こうか？　もっと大きいやつ」

麗奈の目を見ながら、いたずらっぽく笑う。

「……仕事中ですよ。悪ふざけはそこまでです。そもそも、そういう関係じゃないでしょう？」

麗奈は『もう雑談は終わり』と言わんばかりに、仏頂面でスケジュール帳をバンッと閉じたが、俺はかまわず話を続けた。

「麗奈の心の準備ができるのを待ってるんだよ。これでもいい子にしてるんだけどな」

穏やかな声で告げて、麗奈の反応を窺う。

「一生待っても無駄です。いい加減、ほかを当たったらどうですか？　そもそもなんで私なんです？　専務なら、もっといい女性がいくらでも寄ってくると思いますよ」

「好きになるのに理由なんているのか？」

「私が夜のバイトしてた時は、軽蔑の眼差しで見てたくせに……」

麗奈がすねるように言い、うつむいて俺から顔を背ける。

だが、俺は椅子から立ち上がると、彼女に近づいて顔を上げさせ、彼女と目を合わせた。

ここでごまかすと麗奈はまた逃げる。本心を言わないと……。

「気にならない女なら、視界にも入れない。あの時は悪く言ってすまなかった。俺を捨てた母親と同じ、ホステスの仕事をしてたのが許せなかったんだ。だから、いろいろと偏見の目で麗奈を見てしまった。本当に悪かった」

両手で麗奈の頬に触れると、身を屈めて、彼女の額に自分の額をコツンと当てる。

最近、麗奈との距離が縮まった気がする。こうして額を合わせても彼女は俺から逃げない。むしろ、俺を受け入れているように思える。

俺の家で一緒に過ごしていても、彼女と笑みを交わす瞬間や、彼女の目を見た時に感じる。麗奈も……俺のことが好きだと。

好きな想いというのは、自然と表情に出るものだ。俺の勘違いではないと思う。

「……あの時は、本当につらかったんですからね」

麗奈が恨みがましく言うが、そんな彼女も愛《いと》しいと思う。

「ああ、悪かった。だから、うちに引っ越し——」

「ダメですよ。同棲は嫌です」

『引っ越してこい』と言おうとした瞬間、麗奈は俺から離れて、俺の唇に人差し指を当てる。

そして急に俺から目を逸らし、小声で呟いた。

「でも……嫌いじゃないです」

『嫌いじゃない』か。素直に〝好き〟って言わないところが、麗奈らしい。ほんと、強情というか……。

「目的語が抜けてるが、何が嫌いじゃないんだ？」

俺はクスッと笑いながら、楽しげに麗奈を問いつめる。

「……わかってるくせに。それをわざわざ聞くなんて意地悪ですよ」

顔を背けている麗奈の耳が赤く染まる。

「そこは重要だからな」

俺はいたずらっぽく微笑む。

「……駄々っ子で……変に心配性ですけど……そんな専務も悪くありませんよ」

『悪くありません』って……逃げたな。

意地悪く笑って、俺は耳に手を当てた。

「聞こえないな。素直に〝好き〟って認めないと、また俺の印つけるけど。今度はもっと目立つとこにするか？」

「うっ……それ卑怯ですよ」

上目遣いに俺を見ながら、麗奈は困惑した表情を浮かべる。

「俺の性格はもうわかってるよな？　早く言わないと、本当につけるぞ。五、四、三、二……」

ペロリと下唇を舐めると、俺は麗奈の首に顔を近づける。

「わ、わかりました。言えばいいんでしょう！　す、す、素の専務のほうが好きです」

麗奈が俺を見据えて語気を強めるが、肝心なところで恥ずかしそうに俺から視線を逸らす。

まだ認めないのか。この意地っ張り。

「なんか余計なのくっついてるが……」

俺がムスッとして言うと、麗奈はこの場を取り繕うように言った。

「いつもニコニコしてるよりも、そっちのほうが自然でいいって話です。会社でも、ずっと素で過ごせばいいじゃないですか。ストレスもたまらなくて、健康にもいいですよ」

「身体の心配もしてくれるんなら、それこそ一緒に住まないと、って思わないか？」

麗奈が素直じゃないので、俺はニヤリと微笑んで話を切り返す。

「ど……どうして話をそこに持っていくんですか。しつこい男性は嫌われますよ」

俺の執拗《しつよう》なアプローチにうろたえた麗奈は、言葉を詰まらせる。

「麗奈だけに好かれれば、ほかはいらないんだけどな」

俺の言葉に麗奈が数秒黙り込んだかと思うと、顔を真っ赤にして耳を塞《ふさ》ぐ。

「……なんで照れもせずに、そんなセリフが言えるんですか？　急にそんなこと言うの反則ですよ」

「それで麗奈が俺のこと好きになるなら、何度でも言う」

「仕事中です」

麗奈が怖い顔をして俺を睨みつけるが、その顔も可愛いってこと、わかってないんだろうな。

「知ってる。だが、コミュニケーションは大事だ」

俺は麗奈の髪をひと房手に取ると、チュッと軽く口づける。

「……毎日口説いて、時間を無駄にしないでください」

「これでリラックスしてるんだ」

俺は頬を緩めながら、麗奈の髪をクルクルともてあそぶ。

「だったら早くお嫁さんもらって、家でたっぷり癒やしてもらえばいいじゃないですか」

麗奈は俺の手を振り払うと、プイッと横を向いた。

「だから、『早く嫁に来い』って言ってる」

「はっ？」

麗奈が俺のほうを向き、目を見開いたまま固まる。

だが、驚いたように見せているだけだ。

「とぼけてごまかすな」

「だって、そんなストレートに言われても……困ります」

麗奈はその綺麗なブラウンの瞳を曇《くも》らせると、何か思いつめるようにうつむいた。

「『はい』って言うだけでいい。外堀も埋めてあるし、心配はいらない」

優しく言って麗奈の頬に触れると、ドアのほうから「コホッ、コホッ」とわざとらしい咳払いが聞こえた。

「お取り込み中、悪いな」

……須崎か。全然悪いと思ってないくせに。ノックぐらいしろ。

チッと舌打ちして、振り返って須崎を睨むと、奴はニヤリとしながら俺を見据える。

「ジュピターの研究所の部長が、挨拶したいんだと」

あともう少しだったのに、タイミング悪すぎだろ。

「……わかった、通せ」

フーッとため息をつきながら渋々許可すると、メガネをした小太りの男が入ってきて頭を下げた。

「ジュピター開発研究所、モバイル機器開発部、部長の井澤と申します」

あっ……前にクラブで麗奈に触ってた中年男じゃないか。

俺と目が合うと、井澤のほうも俺に気づいたようで、ほんの一瞬だが顔をしかめた。

マズイ……。俺のことはバレてもいいが……麗奈にも気づかれると厄介だ。

チラリと彼女に目をやると、井澤のことを思い出したのか怯えたような目をしていた。

俺は麗奈を井澤の視界から隠すように、ドアの前まで移動し、井澤と対面した。

「専務の長谷部です。合同事業の件、よろしくお願いします」

井澤が名刺を差し出したので、俺もスーツの内ポケットから名刺を取り出し、交換する。

「ジュピターの無線技術には期待してます。社長によろしくお伝えください」

もう二度と来るな！

そう心の中で毒づきながらも、笑顔を貼りつける。

「はい、申し伝えます」

井澤も営業スマイルを浮かべ、軽く頭を下げる。

暗に話は終わりだと言っているのに、井澤はまだ出ていかない。目ざとく奥にいる麗奈の顔を見たのか、彼は急に表情を変え、数秒凝視すると彼女を指差した。

「あっ、ナナちゃんだ」

井澤がねっとりと絡みつくような、いやらしい目つきで麗奈を見て、口元を緩める。

奴に気づかれた麗奈は、ショックでスケジュール帳を床に落とすと、まるでヘビに睨まれたカエルのように、目を見開いたまま震えていた。

俺は舌打ちしたいのを我慢して、彼に告げる。

「僕の婚約者に何か？」

鋭い眼光で井澤を睨みつけると、彼はあっさり引いて部屋を出ていった。

だが、あまりにも諦めがよすぎる。井澤のあの目が気になった。このままアメリカ出張に行って大丈夫か？

井澤の不気味な表情が頭から離れない。秘書の姿の麗奈をちょっと見ただけで気づくとは、それだけ執着が強いということだろうか。

なんだろう。妙な胸騒ぎがする。

あいつは危険だと頭の中で警鐘が鳴った。

第五章

会いたい

「何かあったら、必ずメールじゃなくて電話しろ。いや……何かなくても必ず電話するんだ」

週が明けた月曜日の朝、専務のマンションのエントランスで、彼が心配そうに私の顔を見る。

金曜の夜、いつものように専務と海里との三人で食事をし、週末は専務の家に海里と一緒に泊まった。

月曜日の朝まで海里も一緒にいたのは、ジュピターの開発部長の件があったからだ。私が『大丈夫』と言っても、専務はいつものように聞く耳を持たなくて、海里に事情をすべて説明した。

金曜日に、あの男が私に気づいた時はヒヤッとしたけど、機転を利かせた専務が婚約者だと伝えると、すぐに引き下がったし、心配ないと思う。

婚約者っていうのは不本意だったけど、あの場合仕方ないよね。

「時差もあるのに電話なんてかけませんよ。大丈夫です。そんな頻繁《ひんぱん》にうちの会社に来ないですよ、あの部長」

「油断してると痛い目に遭うぞ、麗奈。海里、世話かけるけど頼む。うちのマンションはセキュリティーもしっかりしてるから、俺が戻るまで麗奈と一緒にずっとうちに泊まってくれ」

専務がやれやれといった表情で頭を振ると、私の近くにいた海里に目を向ける。

「わかりました」

海里が専務の目を見て、ゆっくり頷く。

「なんかまだ結婚もしてないのに、すっかり自分のもの扱いですね」

海里がクスクス笑いながら、専務をからかう。

でも、専務の表情がいつになく真剣だったので、海里もすぐに真面目な顔に戻った。

「わかりました。何かあれば必ず知らせます」

「麗奈もだ。些細なことでも連絡しろ。絶対に忘れるなよ」

専務がそう念を押して、私の頬にそっと触れる。

「……はい」

ほんと、心配しすぎだよ。

仕方なく返事をすると、専務が人目も憚《はばか》らずにギュッと抱きしめてきた。

「ちょっと……海里もいるし……周りにも人がいるのに」

私は専務の胸に手を当てて抗議するが、彼は離してくれない。

「一週間ぶんを充電してるんだ。我慢しろ」

専務が目を細めて優しく笑う。

最近、彼の表情が柔らかくなったような気がする。演技じゃなくて、素の表情で笑うようになった。

……この悪意のない笑顔……ズルい。ズルすぎ。ダメって言えないじゃない。

「ひとりで外出しない。社内でも人気のないところには行かない。いいな？」

専務はやっと抱擁《ほうよう》を解いたかと思うと、今度は私の瞳をじっと見つめてくる。

「幼稚園児じゃないんですから心配いりませんよ。だから、仕事にちゃんと集中してくださいね」

「幼稚園児じゃないから、逆に心配なんだ。わかってないな」

専務が怖い目で私をギロッと睨む。

「俊さん、そろそろ時間じゃないですか？」

海里が専務に声をかけると、専務は腕時計にチラリと目をやった。

「ああ」

専務は私の首筋に顔を近づけると、うなじに吸いつくように口づけ、私に囁いた。

「このキスマークが消える頃には帰るから、誰にも触らせるな」

「ちょ、ちょっと何するんですか！」

私が赤面しながら抗議すると、専務はクスッと笑いながらも、名残惜しそうに私から離れる。

何？　この俺様発言。勝手なことばかり言って。いつもいつも、私をこんな風に動揺させて……。

胸がキュンと締めつけられる。

私は専務につけられたキスマークを手で押さえた。

「じゃあ、いい子でいるんだぞ」

専務は愛しげに私を見つめ、エントランスの前に停車していたタクシーに乗り込む。

タクシーが視界から消えると、私はフーッと息を吐いた。

「……行っちゃった」

一ヵ月前ならホッとして喜んだところだけど、今は違う。さっき別れたばかりなのに、もう喪失感を抱いている。しばらく専務に会えないと思うと寂しい。

タクシーが消えた方向をボーッと眺めていると、海里が背中をポンと叩いてきた。

「姉さん、愛されてるね。いい加減、降参したら？」

「誰が誰に？」

私は横目でキッと海里を睨む。

でも、内心では不安が一気に増していた。

専務には強がってみせたけど、やっぱり心のどこかであのスケベ部長を恐れてるのかな？

専務が私を大事に思ってくれているのはわかる。父が死んでから、彼はずっと私を温かく見守ってくれた。専務の存在にどれだけ元気づけられただろう。その彼が急にいなくなると、自分がどうしていいかわからなくなる。

私って、こんなにも専務に頼ってたんだ……。

離れて、初めて彼の存在の大きさに気づく。

「顔が『寂しい』って言ってる。好きなんでしょう？　俊さんのこと」

私の顔を見て、海里がクスッと笑う。

「まさか！」

私はムキになって否定した。

「自分の気持ちに正直にならないと、ほかの女にとられるよ。顔はいいし、仕事はデキるし、お金もあるし……何が不満？　しかも、あんなに好意を寄せてくれてる。姉さん、贅沢すぎるよ」

贅沢というか、そもそも釣り合ってない。それに、私が専務の前で好きだと認めてしまったら……魔法が解けて王子様はいなくなるんじゃないだろうか。

母を亡くしてから、大切な存在を作るのが怖くなった。愛する人をまた失うのが嫌だから……。もし専務が私に興味を失って、ほかの誰かを好きになったら……。

ああ、想像するだけで心が凍りつきそう。

そう考えると、どうしても専務との恋愛に踏み切ることができない。

私はうつむいて頭を振った。

「……お父さんが亡くなってそんなに経ってないのに、すぐに恋愛とか結婚とか考えられないよ」

「もう、いい加減自分の幸せを考えたら？　僕のことは大丈夫だからさ。姉さんには幸せになってほしい」

海里がまっすぐ私の瞳を見つめてくる。

「……海里」

「ほら、姉さんもそろそろ行かないと遅刻するよ」

待たせていたタクシーに海里と一緒に乗り込み、会社に向かう。

十五分ほどで会社の前に着いてタクシーから降りると、海里が私に声をかけた。

「姉さん、仕事が終わったら連絡して」

「……本当に大丈夫なのに」

海里の真剣な顔を見ながら、ため息交じりに呟く。

ここにも心配性がいた。海里だって勉強しなきゃいけないんだから、私ひとりで帰って、あとで海里にはメールでも入れよう。タクシー使えば問題ないだろうし。

「何かあってからじゃ遅いんだよ。勝手にひとりで帰らないでよ」

私の思考を読んだのか、海里がちょっと怒った目で念を押す。

「……わかったわよ」

ふくれっ面で返事をして、海里の顔を見ずに会社に入る。

先に出社していた課長が早朝ミーティングで秘書室をあとにし、杏子や美月ちゃんが申し送りのため席を外すと、ひとり残されて逆に落ち着かなくなった。

たまったメールを処理しながらも、専務のことが頭から離れない。いつもの、彼とのたわいもないやり取りを思い出す。

十一時頃、【これから搭乗。そっちは変わりないか?】と、専務からスマホにメールが入った。

短い文章なのに、彼のメールを見ただけで胸がキュンとなる。

でも、私はすぐに素っ気なく【変わりないです】とメールを返信した。

すると、専務からもすぐに【俺がいなくて寂しいんじゃないか？　ニューヨークに着いたらまた連絡する】と返事が来た。

別れて数時間しか経っていないのに、もう『専務の声が聞きたい』って思う自分はかなり重症だ。

専務のあの甘い優しさには、きっとチョコレートのような中毒性があるに違いない。意地悪で腹黒なのは相変わらずだけど、それは甘いスパイスとなって私をさらに虜にする。

一度その味を知ってしまったら止められないように、私の専務への想いも溢れて止まらない。

本当にあの人は悪魔だ。私にこんな魔法をかけて……姿が見えなくても、こうして私を翻弄《ほんろう》する。

私をからかうあの声が聞きたい。あの笑顔が見たい。

仕事中なのに頭の中が専務でいっぱいだ。

一日中、心ここにあらずといった状態で業務をこなし、もうすぐ五時半の終業時間というところで、私の内線が鳴った。

応対すると、専務のことが好きだという受付の鈴木さんの声が聞こえてきた。

『ジュピターの片山《かたやま》さんが受付に見えてます』

ジュピターの片山さん？　あのスケベ男の名前は井澤だから……専務の相手ではなさそうだし、専務のニューヨーク出張に同行している須崎さんの仕事相手かな？

打ち合わせの日程を間違えたのだろうか。

杏子にジュピターの来客のこと、相談しなくても大丈夫かな？　でも、彼女は会議室の後片づけで席を外しているし……。ずっと客を待たせるわけにはいかない。

「今行きます」

すぐに内線を切って一階の受付に行くと――。

「あっ……」

メガネをかけたあのスケベ男がいた。

井澤は私の姿を見て、うっすらと笑みを浮かべる。

頭をガツンとハンマーで殴られたような衝撃を受けた。

専務の予感が適中した。

いつ見ても気持ち悪い。偽名を使うなんて最低……どうしよう？　このまま引き返せないし……。ここで変な話をされても困る。

「こちらへどうぞ」

とりあえず私は、井澤を受付から十メートルほど離れた、衝立のある打ち合わせスペースに案内した。『おかけください』と声をかけようとしたが、彼は舐め回すようないやらしい目で私を見ると、立ったまま話を切り出した。

「やあ、ナナちゃん。長谷部専務に会いたいんだけどいるかな？」

専務がいないと知ってるくせに。だからアポなしでこんな時間に来たんでしょう？

私はキッと井澤を睨みつける。

「出張で今日はあいにく戻りません。メールでしたら拝見できるかと思いますので、何かありましたら――‼」

私が冷ややかに言うと、井澤は私に近づいてなれなれしく私の肩に触れ、顔を近づけると声を潜めた。

「今日はお店のほうには出勤しないの？」

相変わらず口臭がキツい。

私は顔を歪めた。

「なんの話でしょうか？　何か勘違いされていませんか？」

「勘違い？　クラブで長谷部専務と一緒に消えたのに？　偶然にしてはできすぎてるなあ。クラブのナナちゃんに似た子が長谷部専務の婚約者で、彼の秘書として隣にいるなんて」

井澤が周囲に聞こえるように、わざと大きな声を出す。

……何が目的なの？　……私を脅そうとしてる？

井澤の言葉に、私は顔面蒼白になる。

「会社にあのお仕事がバレてもいいのかなあ？」

井澤がニヤニヤしながら聞いてくる。

「……何が言いたいんです？」

「ひと晩つき合ってくれたら、黙っててあげてもいいよ」

井澤の言葉に、目の前が真っ暗になった。

なんて卑劣な男なんだろう。私に『身体を差し出せ』って言うの？　会社に来てそんなこと言うなんて、信じられない。

「……ご要望にはお応えできません。今日は長谷部も須崎もおりませんし、お帰りください」